촉감으로 기억하는
네 얼굴은 너무 잔인해

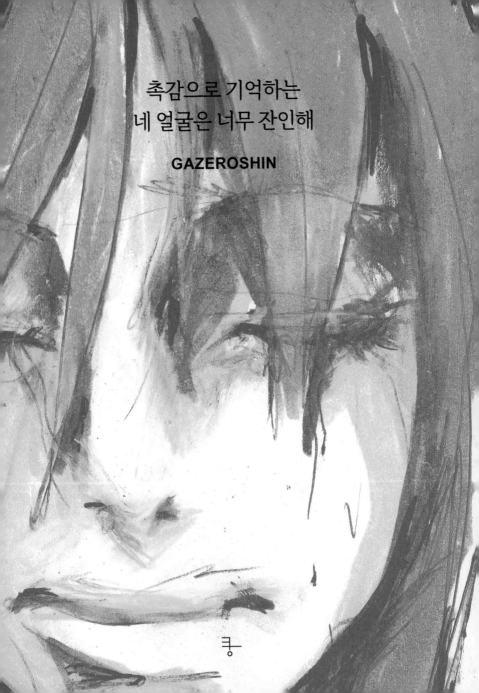

촉감으로 기억하는
네 얼굴은 너무 잔인해

GAZEROSHIN

쿵

프롤로그

할 수 있는 것이 무엇인지, 어떤 힘이 나에게 존재하는지 알기 위해 많은 시간을 보냈습니다. 토해낸 감정들이 위로의 영역에 있다는 것은 축복이라 생각하며, 당신들이 흘린 사랑을 담아 만화를 그렸습니다. 나라면 하지 못했을 사랑을 알려주어 나도 용기를 냈습니다. 애매한 힘을 낼 수 있지만, 온전히 살아갈 수는 없는 사람들에게 이 글을 바칩니다.

GAZEROSHIN

목차

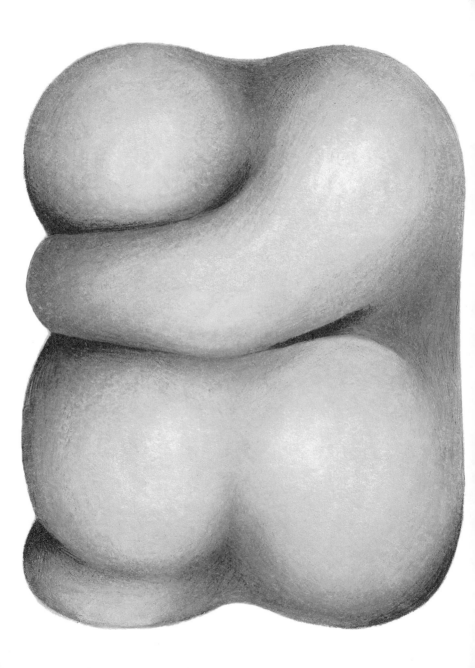

촉감으로 기억하는
네 얼굴은 너무 잔인해

불안정 애착

처음 분비물을 내뱉던 때는 초등학생이었습니다. 이혼가정에서 자라는 아이가 잘못된 애정을 형성하는 것은 찬 바람이 불면 트는 피부와 같이 자연스러운 현상이었습니다.

불안을 숨기려 그림 그리는 일이 많아졌고 난 소질이 없었습니다. 현생에 마음 맞는 친구가 없어 자주 인터넷에 집착했고 손 그림보다 컴퓨터로 그림 그리는 것을 매우 좋아했습니다. 손 그림은 누군가에게 그림을 봐달라고 직접 이야기해야 했는데, 일일이 부족함을 지적당하는 것은 나의 정신건강에 매우 해로웠기 때문입니다.

익명으로 그림을 업로드하는 일이 잦아졌습니다. 그곳에서도 나보다 잘난 사람들의 그림을 보며 열등감을 느꼈고 더 나은 그림을 그리고 싶은 마음에 매일같이 연습했습니다.

만화를 좋아했기에, 네이버 웹툰이 생기던 시절 '도전 만화'라는 곳에서 만화를 연재하기도 했습니다. 소위 '학생물'이었는데 '일진 만화'에 가까웠습니다. 어릴 적 순정만화와 연애소설의 영향으로 지금의 '신가영'이 되었다고 이야기할 수 있겠죠. 의도치 않게 그 만화에 팬덤이 생기더니 팬카페까지 개설되었습니다. 칭찬은 고래 도 춤추게 만든다더니 한때 나의 자존감을 올려주기도 했습니다. 고등학생이 된 이후로는 왠지 부끄러워 연재를 포기했지만, 기한에 맞춰 만화를 그리는 압박감과 악플의 무서움을 알게 된 걸로 좋은 경험이라 생각합니다.

작가가 되고 싶다는 생각은 어릴 적부터 항상 품고 있었습니다. 다만 실현은 신의 영역이라 생각했으며 보잘것없는 내가 '가영 작가님'이라는 호칭을 얻게 된다니 어림도 없지요. 한 번도 꿈꾼 적이 없습니다.

미완결 웹툰을 생성한 후 슬럼프에 빠졌습니다. 불안한 가족, 쉽게 져버리는 친구 관계, 보이지 않는 미래 탓에 고등학생 때 자격증 따기에 집중했습니다. 대학 진학과 회사 취업이 난무하는 학교에서 외톨이가 된 것 같았습니다. 진로 상담 중 선생님은 대학교에 진학하지 않으면 성공할 수 없다고 말했습니다. 대학교에 진학하지 못해도 회사에는 취업해야 한다고 단호하게 말했습니다.

SNS 야작 모임으로 알게 된 언니, 오빠들에게도 한창 진로 상담을 일삼던 시절이었습니다. 그중 한 오빠의 대답이 아직도 기억납니다.

"나는 기계과를 전공했다. 하지만 등 떠밀려 간 곳에서 재미를 느낄 수 없었고 지금은 자퇴 후 그림을 그리고 있다. 지금이 너무 행복하다."

나보다 서너 살 많은 인생 선배의 말은 주옥같았습니다. 사실 돈이 없어 입시를 할 수 없던 나에게 최고의 위로였다고 할 수 있습니다. 겁을 주는 선생님에게 불안한 강단을 보여주고 상담을 끝냈습니다.

"선생님, 회사와 대학교에 가지 않아도 망하지 않는다는 것을 보여드리겠습니다."

그 뒤로 부끄럼을 많이 타는 내성적인 성격을 바꿔야겠다고 다짐했고, SNS에서 유명해져야 먹고살 수 있겠다고 생각했습니다. 페이스북과 네이버 블로그를 통해 글과 그림을 업로드했습니다. 재능 없는 사람은 오직 포기하지 않는 끈기로 SNS에 자주 업로드하여 눈에 익히는 방법밖에 없다고 생각했습니다.

그렇게 시작한 것이 '고민 상담을 받아 글과 그림으로 답변해주는 콘텐츠'였습니다. 꽤 많은 사람이 사연을 보냈습니다. 그래서 고등학교 3학년 때는 입시를 준비하는 친구들 못지않게 언제나 바빴습니다. 누군가의 고민을 어루만지는 의무를 맡았기 때문입니다.

매일 그림을 그렸고 고민 상담을 했습니다. 어느 정도 팬층이 생겼을 때 카메라를 들었습니다. SNS에서 모델을 구했고 그를 피사체로 사진을 찍어 그 위에 그림을 그렸습니다. 전달하고 싶은 내용을 담아 작업물로 업로드했습니다. 많은 사람을 알게 되었고 또다시 사랑받았습니다. 안산 토박이는 주말마다 서울로 향했고 사람들을 만나며 관계를 쌓았습니다.

그렇게 저의 학창 시절은 마무리되었습니다. 학생 신분이 아니게 되자 곧바로 돈을 벌어야 했습니다. 엄마와는 금전적으로 부딪혀 매일 싸움을 벌였기 때문에 더는 서울도 놀러 갈 수 없었습니다. 패기랍시고 선생님께 질러 놓은 한마디가 밤마다 내 머리를 어지럽혔습니다.

'사실 정말 망하는 지름길인데 내가 주제도 모르고 있는 걸까?'

불안함에 매일같이 편의점에서 1,000원짜리 아이스티를 사 들고 음악을 들으며 2시간씩 공원을 걸어 다녔습니다. 이후엔 집 근처 카페에서 아르바이트를 했습니다. 시급 4,500원에 하루 6시간씩 일했습니다. 사장님께 손님이 없는 시간에 그림을 그리게 해준다면 더 열심히 일하겠다며 막무가내에 어이없는 부탁을 하던 시절이었습니다.

어떻게 흘러갈지 한 치 앞도 보이지 않는 하루는 나를 우울 속으로 등 떠미는 느낌이었습니다. 그저 내가 즐길 수 있는 것은 인스턴트 사랑과 맛없는 담배를 피우는 것뿐이었죠. 공원 벤치에 앉아 음악을 들으면서 울음을 쏟은 날이 얼마나 많은지 셀 수가 없습니다. 밤늦은 시간까지 공원을 산책했고 누군가가 날 죽인다면 기꺼이 원망 없이 받아들일 수 있을 것 같았습니다.

한 달 알바비는 약 40만 원이었는데, 담배 몇 갑을 사고 한 번 놀러 가면 소진되는 금액이었습니다. 불안과 원망으로 가득 찬 상태로 살아내겠다고 그것을 원동력 삼아 그림을 그렸습니다. 20살의 그림은 매우 부정적이지만 옆에 있는 인물이 괜찮다고 위로하는 장면이 많습니다. 나에게도 긍정의 힘이 효과를 발휘하길 바랐던 마음이 투시된 걸지도 모르겠습니다.

그러던 어느 날, 카페에서 휘핑크림을 만들고 있는데 블로그를 통해 안부글 하나가 떴습니다.

"안녕하세요, 작가님. JTBC 드라마 팀입니다."

운이 좋게도 드라마 작업 제의가 들어와 난생처음으로 큰돈을 벌게 되었습니다. 어린 나이에 방송국이랑 작업을 함께하는 건 지갑이 두둑해지는 일이기도 했지만 자존감이 단단해지는 일이기도 했습니다. 이때 작업한 드라마가 〈선암여고 탐정단〉입니다. 오프닝 일러스트와 손 그림을 맡아 그렸습니다.

일을 착수하고 바로 카페 아르바이트를 그만뒀고 마음에 여유가 생겨 여섯 달을 편하게 앞으로의 계획을 오래 고민해볼 수 있었습니다. 더더욱 그림을 포기할 수 없었습니다. 요동치는 감정을 다스리고 달래주려면 금전이 필요하다는 것을 뼈저리게 느꼈습니다.

처음 큰 외주를 받게 되었던 터라 부족함이 매우 많았습니다. 정해진 기간에 맞춰 그림을 그리는 일, 더욱 잘하고 싶다는 욕심은 그리고 있던 그림을 찢어버리고 다시 그릴 용기를 주었습니다. 하지만 클라이언트가 원하는 것이 뭔지 제대로 이해하기 힘들었습니다. 결국 마감 날짜가 다가오고 작업 속도가 더디니 방송국에서 함께 작업해야 할 것 같다며 여의도 쪽으로 출근을 권하기도 했습니다. 그들의 기대에 부응하지 못한 것 같아 매우 우울했습니다.

그림에 모션을 넣어 애니메이팅 작업을 해주었던 분이 가장 기억에 남습니다. 작업량이 밀려 의기소침해진 나에게, 할 수 있다며 응원의 당근을 줬고, 유일한 밥 친구가 되어주었습니다. 모든 작업이 끝나고 그분은 지금껏 내가 작업했던 일러스트를 서류 파일에 담아 선물로 주며 말했습니다.

"더욱 잘하는 사람이 될 수 있을 거예요. 앞으로 기대되는 작가로 거듭되길, 함께 작업하게 되어 즐거웠습니다."

부족함이 많은 어린 친구에게 예의를 지키며 다정함을 베풀 수 있는 것은 큰 노력이 필요하다는 것을 그때는 몰랐습니다. 그의 말은 내게 훗날 무언의 희망이 되어 자존감이 떨어지거나 그림에 대한 회의가 들 때, 다시 일어날 수 있는 버팀목이 되었습니다.

이후엔 성공을 맛본 주인공이 스스로에 취해 멸망하는 뻔한 스토리의 주인공이 될까 봐, 더욱 열심히 작업 활동을 했습니다. 나태함을 이겨내려고 일부러 '망하는 상상'을 하루에 수십 번이나 했습니다. 논란이 터져 그림이 불매 당하는 상상, 나를 좋아하는 팬들이 실망이라며 연락이 오는 상상을 반복하며 침대에서 일어났습니다.

수입원이 없으니 부유했던 통장 잔액은 점차 바닥을 드러내기 시작했습니다. 다시 한번 불안의 시기를 맞게 되었지요. 내 노력과는 상관없이 시간은 나를 뒤로한 채 달려갔습니다.

불안은 소화제가 없어서 기괴한 형태의 삶을 반죽했습니다. 올바른 길을 비탈길로 보이게 만들어 잘못된 방향으로 나를 흘려보내는 겁니다.

막바지라고 생각했던 그 순간에 나는 통장 잔액 3,800원으로 휴대폰 케이스 사업을 시작했습니다. 주문을 받아 제작하는 시스템이라 투자 비용은 필요하지 않았습니다. 매일같이 하얗고 예쁜 카페에서 촬영했습니다. 찍기 싫어하는 사진을 케이스 판매를 위해 찍었습니다. '거울 샷에서 예쁜 케이스'라는 슬로건으로 나만이 만들 수 있는 디자인을 그렸습니다. 그림 그리는 사람 중 굿즈로 장사하는 사람이 없었기에 더 빨리 유명해질 수 있었습니다.

나를 꾸며낸 사진 한 장으로 시작한 사업은 어느덧 기반을 잡았습니다. 노력한 만큼 빠르게 결과를 볼 수 있다는 사실이 즐거웠습니다. 지옥 같은 고향을 탈출할 수 있다는 생각은 월세를 낼 여력도 없는 주제에 전 재산을 털어 홍대로 이사 가는 대범함을 보여주었습니다.

엄마와의 다툼에서 집을 나가라는 협박에서 벗어날 수 있다는 것은 삶의 평안을 뜻하는 거죠. 안산에서의 생활은 너무 외로웠습니다. 만날 수 있는 사람, 의지할 수 있는 사람이 없었기에 나는 미련 없이 그곳을 떠났습니다.

잠이 오지 않는 침대에서

    한 번도 좋은 집에서 살아본 적이 없다. 아파트는 고사하고 신축 빌라에도 입주해본 적이 없다. 깔끔한 화이트 톤 집을 노력 없이 얻어본 적이 없다.

    갈라지지 않은 몰딩을 가진 적이 없다. 삐걱거리지 않는 문이 달린 집에 살아본 적이 없다. 바퀴벌레가 나오진 않을까 노파심으로 편안히 잠들어본 적이 없다.

    에어컨이 없어 얼린 수건으로 여름을 보낸 적이 있다. 장마가 시작되면 집에 물이 넘쳐흐를까 걱정하며 하교한 적이 있다. 곰팡이가 생긴 벽지에 몸을 대고 잠을 청한 적이 있다.

무엇을 편히 가진 적 없다는 것은 그만큼의 노력을 해야 하는 삶을 살아냈다는 것이다. 가령 체리색과 민트색의 몰딩이 마음에 들지 않아 손수 페인트칠을 하고 시트지를 사서 손수 인테리어를 하며 삶을 연장해왔다. 마음에 드는 공간을 만들기 위해선 최저 가격대를 우선시하여 구매 버튼을 눌러야 했고 나는 저렴한 가격대에 쉽게 내 추구를 무너뜨렸다. 작업을 해야 할 시간에 어떻게 하면 더욱 싼값에 가구를 살 수 있을까 고민했다.

멋진 일을 하려 할 때 어떻게 시작해야 하는지조차 행동에 옮기는 단계에 앞서 더 많은 생각을 해야 했다.

행복을 무서워하는 사람은 행복해질 수 없대.

그러면 불행을 무서워하는 사람은 행복할 수 있을까?

온기 뺏기

미지근한 와인에 얼음을 넣었는데
오로라를 보았다

가끔은 내가 내뱉은 말들이 돌아와 초인종을 누른다. 나는 몇 초간 그것들을 바라보다가 마지못해 나의 보금자리를 내어줘야 한다.

소멸하지 않는 불멸의 존재들이 내 입속에서 시작되었다니.

미지근한 와인에 얼음을 넣고 여행을 다녀온 나의 단어들이랑 대화를 나눈다.

무책임한 느낌이 들었다고, 아직 날 떠나보낼 준비도 안 되어 있으면서 왜 자신들을 버렸냐고.

다시 돌아온 흙투성이들을 안아내고 진탕 취한다. 허용된 문장
들은 온통 사죄를 구하는 것들뿐이다.

상처를 반추하면 결국 남겨진 건 자기혐오다.

들숨에 눈물이 나던 날에는
날숨에 후회가 따라왔다

이런 날에 글을 써야지, 언제 쓸까.

잔잔한 외로움은 나의 활력이야. 맥주로 연료를 채우는데 마침 네 생각이 났지. 비트가 좋아서 틀은 음악의 가사엔 행복해지고 싶다는 간절함이 담겼어.

여러 사람이 떠올라. 순간의 섹시함에 속았던 사람, 함께 있을 때 안정적인 사랑이 느껴지던 사람. 사랑한다고 말하면 이들은 다른 대답을 하곤 했어.

유독 눈을 감고 내 이목구비를 손가락 마디로 기억하던 사람이 기억나. 달이 없어진 세계에서 날 찾을 수 있는 유일한 방법이라며 꼼꼼히 얼굴을 기억하려던 손.

야, 난 그래서 널 사랑하게 된 거야. 네 사랑의 깃털들이 내 성을 부쉈어. 무력이 무너진 견제심은 곧바로 너를 향해서 모였어. 나를 부수는 네가 좋아. 가볍게 가늠을 뛰어넘는 사랑에 돌아버렸어.

함께 무모함을 이야기할 땐 스스로 틀리지 않았다는 안도감에 어찌나 널 베개처럼 껴안고 싶던지. 널 위해 모든 그림을 수정하고 싶었지. 태초에 만날 너를 기억하며 다시 쓰고 싶었지. 이전에는 모든 것이 별거 아닌 것처럼 느껴지는 특별함에 취해버린 거야.

배꼽이 예쁘다고 뽀뽀하는 너를 사랑스럽게 쳐다보던 난 어두워서 보이지 않았겠지. 네 귀의 그 냄새가 얼마나 중독적이었는지 이 세상 아무도 모르길 바라.

3센티미터쯤 들어간 너의 눈과 눈썹 가운데에서 7센티미터쯤 내려가야 만나는 코, 딱 내 약손가락 마디에 충족하던 입술. 촉감으로 기억하는 네 얼굴은 너무 잔인해.

검은색 하트가 왜 좋았겠어

내 사랑은 분명 흙색일 것이다. 이미 죽은 것이나 다름이 없으나 생명의 강한 힘을 가지고 있는, 꽈배기처럼 알 수 없는 감정을 돌돌 말아 감정으로 내뱉어질 것이다.

낙화

　그거 알아요? 당신들이랑 푼수처럼 수다를 떨고 돌아온 외로운 공간에서 나는 너무 약하디약해서 스스로에 이질감이 들어 구토하고는 했습니다.

　보이는 사랑이 궁금해서 켠 라이브 방송에선 사랑이 가득했죠. 우린 멀었지만 가깝게 사랑을 나눴잖아요. 내 우울함이 깃든 음악을 틀어서 담배를 피웠을 땐 내 슬픈 감정을 읽은 사람들의 하트가 난무했어요.

　그런데 난 그게 짜증이 났어요. 내 표정을 읽는 사람이 있어서 거짓을 보여줄 수 없음에, 나의 진심을 알아주는 사람이 있어서 감사함에 짜증이 났어요.

모든 채팅창이 하트로 도배되었을 때 나는 한마디밖에 안 했죠.

"나는 검은색 하트가 좋아요."

할 수 있는 말이 내가 그것뿐이었어요. 고마움과 미안함과 억울함이 공존하는 그때 할 수 있는 최선의 말이었어요. 고맙고 미안해서 할 수 있는 말은 검은색 하트가 좋다는 것뿐이었어요. 난 받을 자격이 없어서 더럽혀진 색의 아름다운 모양이 좋다는 말이 최선이었어요.

나에게도 당신들의 사랑이 당연한 날이 올까?

내 슬픈 표정을 알아채는 당신들에게 미안하지 않은 날이 올까?

5년 전 고민

개성 있던 어린 날에 타인과 나를 비교하지 않았다면 나는 괜찮은 어른으로 컸을까?

나는 겪었던 모든 감정과 영감을 다시 찾을 수 있을 거라고 믿어. 모든 것들이 나에게 다시 돌아올 것이라고. 안 된다면 찾아 나설 나를 믿어.

사랑의 문장을 쓸 때 목적지는 온통 너였다

'언젠간 닿겠지' 하며 끊임없이 너를 생각할 땐 스치는 칼날을 견뎌내야 했어. 너덜너덜해지는 것이 대수였을 것 같아? 바라봐주는 눈길 한 번이면 금방 나을 자신이 있었어.

내뱉는 농도가 짙어지면 내 마음엔 공허가 따라왔어. 이것을 다시 그리움으로 채우는 게 일상이 되었어. 활력은 너로 인해 움직였고 방전 상태로 만드는 것 또한 너였지.

가끔 너는 냉장고 깊숙이 숨겨놓은 한 캔의 맥주 같았어. 깊은 밤, 잠들지 못하는 날 재울 수 있는 능력이 있고 외로운 날 진실한 마음을 토해낼 용기를 주는 힘이 있었지. 너랑 짠 하려고 아끼다가 결국 너 없이 혼자 마시게 되는 외로움도 알려주었어. 오게 될 너를 위해 남겨둔 한 캔이었지.

결국 나를 버리냐고 물어봤지만 내 삶의 모든 부분을 네 이름으로 타투를 새기는 게 여간 어려운 일이 아니잖아.

너 내 그리움에 대답을 한 적이 있어? 사랑의 대답은 해준 적이 있어? 무자비한 그리움을 등 뒤로 받았던 건? 기억나?

손쉽게 널 그릴 때, 너의 향수로 외로움을 채울 때, 네 삶에 스며들지 못한 나를 마주할 때 치열하게 한심한 나를 이겨내야 했던 건 생각해봤어? 포기하고픈 자의식을 매번 이겨내는 일은 힘든 일이었어.

추억, 그 열렬한 추억이 나를 살게 했다고 해서 지금 아프게 할 수 있는 정당함이 부여되는 건 아니잖아. 수십 번 널 사랑하고 수백 번 널 미워해도 사랑이 이겨내서 가능했던 거야. 널 향한 마음이 미쳤기에 가능했지.

널 쏠 때 약을 먹지 않아. 최대한으로 담으려고 눈물과 등가교환을 하지. 몸 아끼지 않으려 술까지 마시며 위태로움을 자처했어. 내 감정이 주체가 안 되는 날에는 전화를 걸었지. 넌 받지 않았지만.

통화 연결음이 끊길 때까지 우리의 모습들이 지나가는 거야. 신기한 경험이었어. 호기심의 첫 만남, 사랑의 절정, 회의와 멀어짐. 그리움 혹은 추억만 남은 관계가 보이더라.

야, 내가 뭘 그렇게 기대했겠어? 네가 나한테 오는 건 바라지도 않았어. 그냥. 내 감정이 벽에 부딪혀 바닥에 뒹굴면 불쌍하잖아. 나름 눈물로 고귀하게 빚어서 던진 건데, 감정들이 하찮게 내 발밑에 굴러다니는 게 보이면 나도 인간이라 울어.

내가 널 버리는 게 아니라, 앞으로 더는 눈물로 빚은 감정을 던지지 않을 거고, 약을 먹지 않으면서 무모하게 감정을 쓰지 않을 거야. 냉장고에 고이 숨겨둔 맥주는 내 즐거운 날에 마실 거야.

널 그리워하는 걸 그만둔다는 거야. 네가 날 찾아와도 반기지 않을 것이며, 내 삶에 널 기다리는 시간이 빠지는 거야. 이게 널 버리는 게 되면 안 되지. 그럼 난 수십 번 버려진 걸 인정해야 하잖아.

제발 널 그리워한 날이 네가 날 버렸던 나날로 기억되지 않게 해줘. 내 사랑은 진짜였어. 이 감정을 죽이기 전에 들은 마지막 유언이니 믿어줘.

잘 가.

옥탑방에서

사랑은 틀이 깨지는 것이야.

태풍이 지나갔어, 조용히 눈물만 흐를 뿐이지

어렴풋이 느끼고 있었는지 몰라. 최선을 다하겠다는 의지는 곧 상황이 끝난다는 걸 의미했지. 단 한 번도 제대로 살아본 적 없었어. 부모님의 이혼을 막은 적도, 이유 없는 따돌림에 화가 났을 때도 나에게 오는 어떠한 일에 저항 한 번 한 적이 없었지. 비가 내리면 내리는 대로 힘없이 맞는 사람이었어.

그래서 나는 반대의 인생을 살기로 한 거야. 모든 것을 이겨보고 싶었어. 끝나는 관계에 조금 더 연장선을 놓으려 노력했어. 억압하는 모든 것에 수많은 비난을 퍼부었어. 구태여 이 인생을 조금 더 나은 삶으로 만들고자 나를 잃어야만 했어.

이혼가정이 들통날까 봐 불안에 떨던 날을 그만두고 당당히 '아빠가 없다'라고 이야기했어. 돈이 없어서 입시학원을 못 다니는 건데 대학교에 다닐 마음이 없다고 포장하는 것을 그만두기로 했어. 지난날의 불안함이 거짓말처럼 씻겨 내려가는 기분이 들었어.

나만 알고 있던 것, 약점이라 여겨지는 모든 것을 세상에 내던졌어. 고작 그런 사실이 나를 무너뜨리지 않는다는 것을 보여주고 싶었지.

혼자 있어도 멋있는 사람이 되고 싶어서 한 행동들이었지만, 사실 나는 겉으로만 강했던 사람이었어. 뒷담화에 관심이 많았지. 사람들이 나를 어떻게 바라보는지가 중요했어.

A는 내가 이기적인 사람이라며 욕했고, B는 내가 남자를 밝힌다며 싫어했고, C는 내가 예술가인 척을 한다며 비난했지.

최선을 다해 A에게 잘해주었어. 술값은 단연 내가 냈고, 재미없는 이야기를 들으며 과한 리액션을 해주었지. B에게는 굳이 남자를 만나지 않는다는 이야기를 늘어놓았어. C에게는 얼마나 내가 평범한 여자인지에 대해 구구절절 말했지.

결과는 좋지 않았어. 다들 날 떠났지. 내 행동은 그들에게 내가 얼마나 별로인 사람인지 알려준 것뿐이었어.

약점을 내던졌어도 또 다른 약점을 안고 살아야만 했어. 덤으로 불쌍한 척을 하는 사람이라고, 가정사를 이용한다는 이야기도 들어야만 했어.

불쌍한 사람이 건강한 사람으로 살아가는 게 아니꼬운 것 같아. 자기가 이해하지 못하는 부분이 있다는 게 용납이 되지 않는가 봐. 이러나저러나 이제 정말 다 지쳐버렸어.

나를 비난하는 저 사람들을 봐. 재밌어. 자신은 완벽하다는 듯이 웃는 저 표정을 봐. 과거를 기억 못 하는 저 사람들을 봐. 아무렇지 않게 살아가잖아.

이 세상에 어울리지 않는 사람들이 있다는 것은 확실히 알고 있어.

지나버린 여름날에

열정만이 가득했던 그 계절에는 최선을 다해 사람들을 만나고는 했다. 타인과 쉽게 손을 잡고, 나의 모든 세계를 공유하며 관계에 몸을 아끼지 않았다. 화가 나면 소리치고 서글프면 울었던 그때를 나는 감히 '인생의 클라이맥스였다'라고 이야기할 수 있을 것 같다.

사실 나는 재즈와는 거리가 있던 사람이었다. 로꼬, 박재범, 빈지노와 같은 국내 아티스트 음악을 즐겨들었다. 그런데 그 사람은 자신의 외국인 친구의 무명 밴드를 추천해주거나 외국의 재즈 아티스트의 역사를 설명해주었다.

LP가 가득한 카페에서 그 사람을 처음 만났을 때는 재즈에 대한 지식을 뽐내는 그의 관심을 끌고 싶어 생전 관심도 없던 LP 표지 디자인을 보며 일러스트에 관한 이야기를 꺼냈다.

필름카메라를 들어 나를 찍어준다며 셔터를 누르는 이 사람에게 '나는 사실 사진 찍히는 것을 좋아하지 않아요. 오른쪽 얼굴을 찍는다면 모를까'라는 말을 할 수 없었다.

어색하고 부끄러운 표정을 들키며 사진에 담겼을 때는 '차라리 디지털카메라였으면 확인하고 못 나온 사진을 지우기라도 할 텐데'라고 몇 번이나 생각했는지 모르겠다. 안타깝게도 필름 카메라인지라 인화했을 때 온갖 어색한 표정으로 찍혀 있을 내가 창피해서 대화에 집중하지 못했다.

그 사람과 대화할수록 자존감은 손쉽게 낮아졌다. 내가 알고 있던 모든 지식이 그다지 흥미로운 것이 아니라는 걸 1분 1초가 지날 때마다 자각했으니까. 더 큰 세상으로 나가고 싶다는 욕심은 이 사람을 만남으로써 생긴 게 맞다.

만남이 끝나면 집으로 돌아가는 길에 애써 공감하는 척했던 모든 것을 검색했다. 추천해준 음악을 들으며 누군가를 생각한다는 것은 최고의 영감이었다. 이미 그 사람에게 맞춰 변하려고 노력하고 있었으니까 이건 사랑이라고 확신할 수밖에 없었다. 나는 사랑을 우정으로 감싸놓아 마음 한편에 고이 모셔뒀다.

하지만 분명 티가 났겠지. 난 표현을 잘하는 사람이었으니까. '사랑해'라는 말이 아닌 '언제고 함께했으면 좋겠다'라는 말로 전달했겠지. '떠나지 마'라는 말을 '당신 곧 날 버릴 거야'라는 부정적인 말로 바꾸어 건넸겠지.

감정이 뒤죽박죽 엉켜 '나'일 수 없을 때, 뱉으면 다 말이 되는 줄 알고 애썼어. 우린 이어질 수 없었어. 관계에서 서로가 이어온 실의 색이 달랐거든.

나는 사랑으로, 당신은 새로운 사람을 만나 경험하게 될 영감으로 나와의 관계를 이어왔던 거야.

당신은 나를 잊은 채로 살아가겠지. 하지만 내가 최선을 다해 감정에 임했던 그 여름이 날 성장시켰고, 재즈 음악을 즐겨듣게 됐어. 이제는 국내 음악도 잘 듣지 않아. 아직도 그 노래들을 들으면 당신이 떠오르고, 열정적이던 내가 생각나.

당신과 헤어질 때쯤에는 가을이 되었지. 나는 그 혼자 남은 가을이 너무 따가웠어.

사진 한 장이 가져다준 생각

그녀는 네 살 차이 나는 그에게 반말을 합니다. '금달아' 혹은 '야' 하고 부르면 아무렇지도 않게 '왜'라고 답하는 부부 사이였습니다. 그녀가 설거지를 하면 그는 집 안 곳곳을 청소기로 돌렸고, 종종 통닭을 사들고 오면 함께 맥주를 마시며 식탁에서 도란도란 애정행각을 펼쳤습니다. 꽤 예전 일입니다.

벌써 오래전에 퇴색되어버린 이 기억을 그녀는 기억할까요. 왜 그런 별명으로 그를 불렀는지 기억하느냐고 묻지는 못하겠습니다. 그녀가 '그때 내가 네 아빠 때문에 얼마나 힘들었는지…'라며 나의 아름다운 추억을 망가뜨릴까 싶어서요.

그래도 열렬히 사랑의 탑을 쌓던 부부의 모습이 내 기억 속에 조금이라도 자리 잡혀 있어서 고마울 뿐입니다. 그들은 정말 사랑했습니다.

우리 집 빌라 뒤에는 물이 흐르는 개울이 있었습니다. 온갖 더러운 물이 산을 타고 그곳을 향해 내려왔죠. 그곳은 나의 아지트였습니다. 개울을 넘어 산을 올라타기도 했고, 비비탄총을 들고 동네 남자애들과 총싸움을 했습니다.

엄마는 분홍 원피스를 입히고 머리띠를 채우고 발이 아파 죽을 것 같은 구두를 신기고 싶어 했습니다. 엄마의 바람과는 반대로, 나는 카고바지와 해골이 그려진 통이 큰 반소매 티셔츠 차림에 군번줄 목걸이를 차고는 뛰어다녔습니다. 게다가 원체 불편한 걸 너무 싫어해서 선크림 바르는 걸 빼먹어 새까만 피부를 자랑했죠.

친척 만날 때를 제외하고는(엄마가 '머스마' 같다고 제발 입어달라고 사정하여 원피스를 입음) 항상 내가 원하는 스타일대로 옷을 입었습니다. 사실 아빠와 엄마의 패션 센스가 남달라서 둘 중 어느 스타일을 추구했어도 멋들어지게 옷 입고 다녔을 것 같지만 말입니다.

사진 찍을 때 '브이'를 하는 게 창피했고, 여자아이들과 좋아하는 남자애들 이야기를 하거나, 소꿉장난하는 게 유치하다 생각했습니다. 어떻게 보면 쿨한 아버지의 영향이 너무 큰 탓이었죠.

엄마는 왜 사내애처럼 하고 다니냐며 내가 원하는 스타일을 이해하지 못했고, 아빠는 네가 하고 싶은 걸 하라며 기꺼이 쇼핑에 동행해주었습니다. 밀리터리 바지, 록스타 문구가 적힌 나염 박스티, 스포티한 운동화가 아빠의 작품입니다.

부끄럼이 많고 감수성이 풍부했던 엄마와는 달리 아빠는 따스한 말 한마디 던지는 데 많은 용기가 필요할 정도로 무뚝뚝했습니다.

부부싸움을 하는 날에는 엄마는 온종일 눈물을 흘렸습니다. 아빠는 계속 술을 들이켰고, 연신 담배를 피워댔는데 이상하게 아빠의 마음이 울고 있는 엄마보다 더 아플 것 같다는 생각이 들었습니다.

그래서인지 항상 아빠를 위로했고, 엄마는 그다음이었습니다. 항상 나의 편이었기에 나도 그런 아빠의 편이 되어주고 싶다는 의리감 때문일까요.

사실은 많은 경험을 하고, 수많은 사람과 관계를 해온 지금의 내가 그때로 돌아가 엄마와 아빠에게 좋은 조언을 해줬다면 우리의 가정이 조금이라도 더 이어지지 않았을까 하는 아쉬움이 남습니다. 절대 돌이킬 수 없는 일임에도 나는 평생을 이런 후회로 살아갈 것 같은 기분인 거 있죠?

오늘은 살면서 한 번밖에 본 적 없던 엄마, 아빠의 투 샷이 담긴 사진을 발견한 날입니다. 사진 속의 젊고 아름다운 이 여자와 남자는 도대체 무슨 생각을 하고 있을까요. 해결되지 않을 궁금증을 또 안게 되었습니다.

우울 더하기 우울

정말 아무것도 몰랐던 때로 돌아가고 싶어. 순수한 엄마와 아빠의 사랑만이 전부였던 그때로 돌아가줘, 제발.

부모가 주지 못한 사랑을 네가 줄 수 있는 줄 알고, 그 기대가 우리를 부쉈다.

우울에 하나의 우울이 더해진 것뿐이고 많은 기대를 한 내 잘못으로, 그저 자존감이 한층 더 낮아질 뿐이며 너의 미안함이 조금 더 올라갈 뿐이야.

나의 것을 사랑하고 믿어야 세상이 열립니다.
멈춤을 무서워 말고 다양함으로 삶을 받아들이세요.

우린 완벽하지 않기에 더욱이 성장할 수 있고

희망과 먼 이야기를 상상할 수 있습니다.

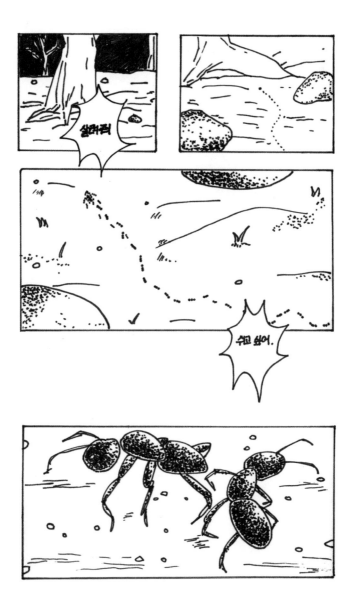

연약한 사람

수시로 나는 내가 연약한 사람이라고 생각했습니다. 감정이 단단하지 못한 사람이 어떻게 앞으로 험난한 이 삶을 살아가야 할지 막막합니다.

잊었다고 생각했던 연인의 표정, 행동, 말투, 습관이 생각나서 하루는 쉴 새 없이 불행합니다. 생각이 날 지배하면 가볍지 않은 호흡으로 답변을 주고, 헐떡이며 피우는 담배는 흡사 자해행위 같다고 느낄 때가 있습니다.

살아서 무얼 해낼 수 있을까요. 견뎌서 무얼 얻을 수 있을까요.

의문과 함께 새벽을 보냅니다. 눈을 감고 버거운 생각을 머리에 담아내면 좀처럼 시간이 가지 않습니다.

여유가 있어서 힘듦을 느낄 수 있는 것이라 스스로 위안하는 모습이 더는 나를 보호해줄 수 없습니다. 계속 정체되었고, 나태함으로 비치는 이 모습에 많은 사람이 떠나갔습니다.

이제 그들의 뒷모습을 보며 슬퍼하는 걸 멈춰야 하는데 매번 뒤도는 등을 보아도 나는 익숙해지지 않습니다. 흔들리고 싶지 않았어요. 항상 나의 모습을 유지할 수 있는 그런 강인한 사람이 되고 싶었는데 말이에요. 마음 한편에는 사랑하는 사람들이 내 쓰러지는 그림자를 가려주리라 믿었습니다.

언제쯤 이곳에서 벗어날 수 있을까요? 타인으로부터 받는 행복과 불행이 똘똘 뭉쳐져 당신들이 보고 있는 내 모습이 어떤지 나는 볼 수 없어요.

이런 내가 한심한가요? 이런 모습이 안쓰럽나요? 그것도 아니라면 기피하고 싶은 부류의 사람인가요?

왜 건강한 감정을 가지지 못해서 이토록 불행하게 살아야만 하는 건지. 누구를 원망해야 하는 건지. 그 주체가 내가 되는 건지.

사죄

많은 실수를 했어. 하고 싶은 것을 이행하지 못했던 날이 후회로 자리 잡았지. 원하는 것을 다 이루는 건 욕심이라는, 사람들의 숱한 말이 어쩌면 날 겁쟁이로 만들었나 봐.

또 남 탓을 해. 이러지 않으면 안 돼. 열정은 뜨거웠고 한편으론 차가웠어. 두 가지 색을 띠는 나라는 사람에게 사실 반대편의 것들을 포용할 수 있는 특이점이 있다는 걸 알아챈 지도 얼마 되지 않아.

나는 바보고 멍청이고 무식해. 날 떠나는 너희가 다 이해돼. 모든 게 내 잘못이야.

원망이란 벽돌을 쌓으며

'사랑하자'라는 말이 '함께 다정하게 죽자'라는 말인 줄 알았으면 절대 시작하지 않았을 것이다.

달콤함에 자립을 잃어버린 존재는 무의미한 것인가. 막혀 있는 벽 안에서 어떻게든 숨 쉬어보겠다고 안간힘을 쓰면 누군가는 비웃을까.

감정은 혼란스럽게 또는 자극적으로 사람을 변화시킨다. 나는 그 변화가 무척 낯설고 불쾌하다.

혐오자

나를 속박하는 것들이 언젠가는 형태를 갖춰 나를 찌르리라고 생각해. 이런 감정을 느낄 때마다 수시로 길을 잃고 검은 물체가 되어 거울을 본다. 최악의 모습만을 담아주는 거울을 보면서 날 안아주는 사람들도 미워 보일 때가 있어.

송정

행복할 때 죽을 수 있다면 얼마나 좋을까.

바다를 걸을 때 많은 발자국 사이에서 우리 발 크기를 찾는 게 행복했어.

달에 도착한 것처럼 움푹 들어가 있는 다른 신발 모양 두 짝이 너무 귀여워.

내가 한 노래에 우리의 추억을 담아야 한다며 너를 내버려 둬도 날 귀엽게 봐주는 모습이 사랑이었어.

그대여 부서지지 마

바람 드는 창틀에 넌 추워지지 마

이리와 나를 꽉 안자

오늘을 살아냈고 우리는 내일로 가자

-새소년, 〈난춘〉中

던졌던 생각을 담아 글을 썼다. 생각에 그쳤던 장면들은 소멸한다. 회색빛 여행에 색이 번진다. 상상의 작품이 완성되면 그림을 그리기 시작했다.

사랑을 느끼면 짜증을 냈고 부정을 내뱉는다. 그러면 너는 사랑이 도망갈까 나를 꽉 안아. 나는 그런 어긋난 관심이 좋아.

눈을 감아

　　의심 없이 행복할 때면 손쉽게 나를 추락시키는 모든 감정
을 미워했어. 원망은 돌고 돌다가 결국 종착지를 나로 정했지.

　　숨겨야 하는 감정을 내뱉어서 벌을 받는다고 생각했어. 행복할
자격이 있기는 할까.

　　불안함이 나를 삼키면 시야에 맞닿는 모든 것을 비관적으로 바
라봤어.

　　한없이 어둠으로 내려갈 때면 잡으려는 손길 하나 없다는 것에
억울한 감정마저 들지.

'적당히'가 안 되는 감정조절에 수없이 갈기갈기 찢어버리고 조각내어 바다에 던졌다. 물에 닿아 찾을 수 없는 형체로 떠다니는 것도 나쁘지 않다고 생각했어.

우연히 인스타그램에서 마주한

네 관심이 덜어질 때 할 수 있는 게 하나도 없었어. 아주 맨 처음 우리가 사랑을 시작할 때 네가 조금이라도 언질을 줬다면, 이 부분에 감정이 식는다고 말을 해줬다면, 몇 개월 가지 못한다고 말 해줬다면, 억척스러운 여자를 싫어한다고 말했다면 난 너와 시작 도 안 했겠지.

셀 수 없는 이별 후에

사랑이 남기는 건 지속적인 작품일 뿐 더 행복하게 만들거나 즐겁게 만들지는 못했다. 그 끝엔 항상 헤어짐이 있었고 불행함과 불안함의 결정체가 남아 있었다.

옳다고 느꼈던 사람의 변화는 아픔을 남기거나 불행함을 새긴다.

육성게임

인생을 다시 살고 싶지만, 저번 인생에도 이런 생각을 했을 것만 같았다.

아무리 새로 시작하는 삶을 받아도 나는 또 엉망으로 모든 걸 꼬이게 만들어놓고 백지를 달라고 떼쓰는 아이가 된 것 같았다.

너에게

나는 알고 있어. 우리가 너무 섬세하게 대화를 나누어서, 서로를 완벽하게 대해야 한다는 불행한 책임감에 사로잡혀서 이렇게 되었다는 것을 말이야.

때로는 서로를 간섭하려 들었던 관심들이 얼마나 부담이 되었는지. 너와 난 자주적이며 쉼 없이 몰아쳐 오는 우울함에 사람을 찾던 성격이었으니까.

사람에게 받았던 상처로 서로를 핥아주면 황홀함 또는 사랑을 느끼며 그 시간에 살았지.

네가 내가 아닌 다른 사랑을 찾았다고 했을 땐 꽤 충격적이라 아무런 생각도 하지 못했어. 다른 사랑을 하는 모습을 끊임없이 상상하며 미리 받아놓은 상처들이 별것도 아니라는 것을 그때야 알았단다.

사실은 네가 안정적인 생활을 하지 않았으면 했어. 그렇다고 불행을 바란 건 아니고. 그저 나 없는 세상에서 너의 행복을 바라볼 자신이 없던 것 같아.

나만큼은 아니지만 조금은 괴롭고 아주 약간은 외로웠으면 하고 바랐어. 그래야 우리의 애틋한 추억을 빌미 삼아 네가 내 생각을 할 테고, 술에 취해 있다면 혹시라도 내게 전화를 주진 않을까 기대했거든.

여전히 똑같이 살고 있어. 네가 알던 그 모습과 그 가치관 그대로 살아가고 있어.

아주 약간 변한 것이 있다면 기관지가 안 좋아져서 호흡기를 달고 산다는 것과 술에 의존하는 것이 많이 나아져 매일매일 술을 개처럼 퍼먹지는 않는다는 거야.

앞으로는 너와 발걸음을 맞춰 그곳을 쉽게 떠나지 못한 나를 원

망하고 자책하면서 살아가려고. 혼자 소중하게 생각하는 추억만큼
불필요한 게 또 있을까.

트위스트

안녕하세요. 눈물이 나는 밤입니다.

꼬인 성격의 대가는 새벽에 찾아오는 것 같습니다. 우울이 찾아오면 나는 어쩔 수 없이 문을 열어줘야 할 겁니다.

잔뜩 술에 취해 대화를 나누면요. 온통 나를 미워하는 문장들을 상대해야 합니다. 그러면 눈물을 머금은 채 그들을 안아야만 합니다.

매우 부정적이며 섬세하고 유약한 공간에서 우리는 하염없이 고통을 내지릅니다. 아쉽게도 비명은 그 공간을 벗어나지 못해요.

우리 사랑이 보이지 않으면 트위스트를 춰요. 몸에서 떨어지는 열정을 모아 다시 사랑을 만들어요. 그리고 활활 태우는 거예요.

　새까만 모양이 갖춰지면 서로 나눠 가져요. 그리고 다시 돌아올 우울에 안녕을 말해요.

서운함의 조각들이 내던 소리

　가끔 나는 스스로가 무보증금 방 같다는 생각이 들고는 했습니다. 언제든 들어가서 생활할 수 있고 마음만 먹으면 그곳을 떠날 수 있는 방 말이에요.

　사람들이 나를 찾아오면 한없이 행복을 느끼지만 이제 더 나은 곳을 찾아 떠난다고 이별을 통보하면 왜 이렇게 아쉬운지 모르겠어요.

　감정이 가난한 사람들이 나를 계속 찾아왔으면 좋겠어요. 나를 필요로 하지 않는 사람들은 그냥 뭔가 미워요. 아쉬움 없이 말을 내뱉는 사람들은 뭔가 차가워서 비집고 들어갈 수 있는 틈이 없어 보인달까요.

더 이상 누구에게도 어떠한 영향을 끼치지 않는다는 생각을 하면 이 세상에서 도태된 인간이 된 것 같아서, 우울함에 빠져 허우적거리기도 한답니다.

그래도 가끔 계획을 잃어버린 시간들이 남는다면, 부담 없이 들러 쉬다 가요. 어젯밤에도 우리가 함께했던 것처럼 공간 한쪽을 남겨둘 테니.

이별의 늪

– 만난 순간부터 모든 것이 사랑이라던 사람은 기어코 나를 떠나갔다.

- 내 세계가 무너지는 소리가 들려.

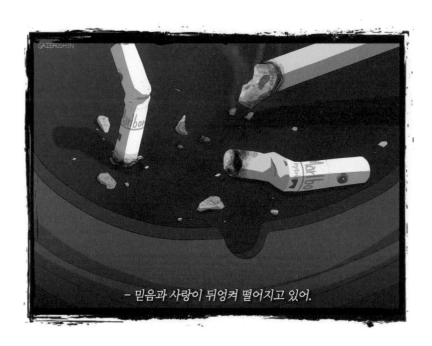

\- 믿음과 사랑이 뒤엉켜 떨어지고 있어.

― 네가 쌓아 올린 내 세상이 너의 부재로 무너지는 건
유난스러운 일도 아니려나.

- 너를 안을 때면 모든 게 가득했지.

- 우린 따뜻한 검은색이었고

- 때로는 차가운 빨간색이었어.

- 서로를 몰랐다고 하기엔 많은 것을 나누어 넓은 바다를 만들어 냈지.

- 어렸다기엔 우리의 바다를 자유롭게 유영했잖아.

- 실패한 내 사랑에는 변명거리가 없어.

착각

너의 힘듦과 아픔을 다 이해하면서도 매일 새로운 대화를 나누고 따스한 위로를 건네는 건 큰 욕심이라는 확신이 들었어. 놓지도 못하고 가만히 정적한 식사를 할 때면 그냥 속으로 우는 것밖에 할 수 있는 게 없잖아.

대화보다는 휴대폰에 더 집중하는 그 모습이 이해해야 하는 그 상황이 나를 더 아프고 외롭게 만들었던 것 같아. 우리는 큰 사건이 터져야 친해지는 존재였을까.

그럴 때가 있는 걸까?

그럴 때가 뭘까. 누구나 외로움을 가지고 있다고? 우울함의 정도는 상대적이지만 알고 있다고 하잖아. 나는 그것이 뭔지 모르겠어. 자주 가로로 흘러가는 기분, 가끔은 거꾸로 솟는 느낌이지.

원치 않는 이방인은 쉽게 손잡이를 돌려 문을 열어버리잖아. 준비되지 않은 난 행복과 바람을 피우다 걸린 것처럼 놀라야 했어.

하필 타는 택시마다 마음이 울렁거리는 노래가 흘러나와. 토할 것 같은 기분이 들면 쓸데없는 턱의 분비물을 흘려. 해소되지 않아.

내 불안함이 아름답다고 하던 사람들은 다들 이사 갔어. 손가락

한 마디의 기쁨조차 남지 않은 초침 속. 모든 것이 엉망이진 않았잖아. 천사도 보았고, 스크래치가 난 사랑도 이해했어. 열망이 일궈낸 쏠쓸함도 내 것이야.

좀만 거짓말하는 삶을 살걸. 솔직해서 좋다던 사람들은 내 그리움의 크기에 놀라서 죽어버렸어.

그들이 입으로 넘겨준 사랑을 기억해서 탈이 난 거야. 원료를 사랑으로 삼아 자주 쓰러지는 거야.

너의 불행을 빌어서 미안해

　　네가 나보다 나아지는 걸 바라볼 자신이 없어. 너무 밝은 곳에서 지내지 않았으면 해.

　　수시로 어둠에 잠식되는 난, 밝은 너에게 모든 걸 털어놓을 만큼 자존감이 높지 않아.

　　먼 길을 걸어야만 닿을 수 있는 거리에는 있지 않았으면 해.

다시 못 본다는 건
이렇게 슬픈 거였구나

이별은 우리 몸이 멀어진다는 뜻이 아니었어. 서로 사랑했던 추억과 헤어져야 했고, 이제 더 이상 사랑하지 않는다는 것을 인정해야 했으니까. 그것을 보내고 도착하는 그리움과 배신감을 맞이해야 했던 거야.

나는 아직 더 많은 사랑을 태우지 못했는데도 미련 없이 떠나는 기차마냥 사라졌어. 후회는 내 옆자리에 남겠구나.

우울의 산물

미움한테 지고 싶지 않았지만 수없이 패배했다.
목숨에 위협을 가하는 가해자가 있거나, 나를 헤치려는 괴물이
있지 않더라도 21세기답게 SNS로 자격지심을 배운 셈이다.

까마귀

오랜 시간 동안 나는 날개가 없다고 생각했다. 멀리 비행하는 사람들을 부러워만 하며 하늘에 원망을 바쳤다.

유난히 우울함을 타고난 나에게 주어진 건 다른 이의 날개를 찢을 수 있는 칼뿐이었다. 힘껏 날아갈 수 없게 이동 수단을 베어버리고 나와 같은 사람들을 만들었다.

기분을 느껴. 그리고 함께 나누자. 잘못된 형태의 관심은 미움을 샀다.

어느 날 내 등에 날개가 돋았다. 수많은 미움이 내 날개를 찢으려

발악을 했다. 잠드는 게 무서웠다. 나의 희망이 찢길까 봐.

　　그리고 어느 날 나는 내 손으로 날개를 뽑아 하늘에 던져버렸다.

모든 미움은 그날 바람에 흩날렸다.

불행복

내가 뭘 해야 가장 행복한지 알 수가 없어요. 그래서 수시로 모양을 바꾸고 색을 입히고 다른 형태로 변화합니다. 조금은 못난 모습이 가려질까 싶어 최선을 다하면 조금은 나은 인간이 될 수 있는 것 같거든요.

사람을 버리고 고립된 곳으로 나를 밀어 넣으면 상처를 받을 일도, 상처를 줄 일도 없다는 생각에 한결 마음이 가벼워집니다. 그곳에서의 외로움은 의미가 없어요. 자발적 우울에는 변명거리가 없습니다.

날고 싶어 새들의 영상을 시청하고, 떠나고 싶어 비행기 표를 찾아봐도 해소되지 않는 응어리를 가져다 거울에 붙였습니다. 적어도 지금의 내 모습보다는 나아 보였어요.

찢어발기고 두 번 접어 태워버리고 남은 잔해물을 먹어버리고 그날은 아주 편한 잠을 잤습니다. 조각들은 내 장기를 찔렀지만 나는 행복한 꿈을 꿨습니다.

실패는 항상 내 방향으로 분다

너는 나처럼 엉망이 될 수 없겠지. 조금 더 나은 일상과 나은 친구들 나은 상황에 이어 나만큼 불행할 수는 없을 거야.

미미

예민하게 만드는 모든 것을 소멸시키고 싶다.
안 좋아하는 것들을 모아다가 과거로 보내고 싶다.
현재의 행복으로 등가교환을 하고 싶다.

미움은 판매가 안 될까요? 부자가 될 수 있는데

어수선하게 들뜬 마음으로 사람에게 다가갔다가, 가볍게 거절당하면 우울함에 빠지곤 했다.

이유 없는 거절이 무서웠다. 왜 이런 상황이 되었는지 모르는 채 계속 누군가의 미움을 받아야 하니까.

또 한 명을 보내고

더 이상 기적이 없다는 것을 느꼈다.

드라마 같은 반전은 꿈꾸지 말라는 미래의 시그널.

죽음을 담보로 기회와 희망을 품었던 날이 우스워진다.

이제는 그 누구도 껍데기를 감싸지 않는다.

내가 혼자가 되었다는 뜻이다.

불어오는 바람에 여유를 느끼지 못하다니….

난 그저 추워질 일만 남은 셈이다.

모녀는 부재중을 무서워한다

엄마, 나는 엄마가 알고 있는 착한 딸이 아니야. 실망스러운 많은 짓거리를 일삼고 살았어. 건강하지 못한 생각들을 매일 반복해. 사랑받았던 기억을 모아 끌어다 쓰며 하루를 지내.

위태로운 길을 걷는 중이야. 누가 나를 건들지 않았으면 좋겠어. 금방이라도 떨어져서 엄마가 세상에서 가장 기괴한 목소리로 울 것만 같아.

행복했던 기억을 되짚어보면 안타깝게 실재하고 있는 것들이 없어. 현실이 어떻게 생겼는지 가늠이 안 돼.

엄마, 어릴 때 나는 셔츠를 잠글 줄 알았는데 이상하게 엄마는 가끔 내 교복 단추를 잠가주곤 했어. 그때 엄마의 손에서는 알 수 없는 진한 향기가 났어. 약간 시큼하면서 중독되는 깊은 살냄새.

오늘은 그 냄새가 맡고 싶어. 몸은 컸지만 아직도 연약한 내 감정을 엄마가 어루만져줬으면 좋겠어.

엄마, 엄마, 엄마.

엄마의 아이는 길을 잃은 채 울고 있어.

그만할래요

      어느 날 갑자기 깨달았다. 누군가는 쉽게 또는 적은 노력으로 얻어지는 것들이 나에게 한 번도 쉽게 온 적이 없다는 것을, 너무 많은 생각과 부정적인 기운이 오랜 시간 나를 잡아두고 있다는 것을 말이다.

      한 번의 눈 깜빡임에 보이는 수십 개의 감정이 어지럽게 만든다. 귀를 기울여야 들릴 소음이 너무나 크다. 한 번 흔들릴 진동에 온몸이 부서져버린다. 원하지 않는 이야기가 혈관을 타고 심장에 꽂힌다.

      나를 쪼개어 그들에게 주고 싶다. 당신들이 원하는 난 더는 이 세상에 없다고 알려주고 싶다. 그러니 기대를 거는 일로 나를 망가뜨리지 말아 달라고 이야기하고 싶다.

단단하지 않은 나. 찌르면 터지는 나. 치면 밀리는 나.

그저 너무 쉽게 짓뭉개져 움직일 수 없던 것뿐이다. 마음이 망가지는 일이 큰일일까. 아프다는 상태가 그들은 궁금하기나 할까나.

불온한 연애들

　애인이랑 싸우고 자동차 안에서 갑자기 뛰어내리고 싶었습니다. 이런 병적인 상상이 문제인가요?

　고층 빌딩에서 싸운 날 나는 갑자기 창문에서 뛰어내리고 싶었습니다. 이런 사이코 같은 상상이 문제인가요?

　내 죽음이 다른 이의 삶에 큰 동기부여가 되지 않을 것이고, 엉망으로 만들고 있는 이 사람의 성격은 고쳐지지 않을 것이고, 도로 정체와 집값 폭락만 낳는 행위겠지요.

우연이라기엔

담배
아직 못
끊었구나.

응

노력해도
안 되는 게
있더라구

잘 헤어졌어.
담배 피는 여자랑
평생 살 뻔
했으니까.

보고
싶었어.

CAZEROSHIN

열정이 가득한 과거로 오세요

우리는 새로운 곳으로 나아가야 해. 지루한 현재로부터 도 망쳐야 해.

살아온 환경은 긍정적인 성격을 만들어주지 못했고 인간관계마 저 엉망이 되었을 때, 오직 그림을 그리는 일밖에는 할 수 없었다.

운 좋게도 절망에 빠졌던 시기는 우울을 외면하고 행복을 주입 하려는 성향이 짙었을 때다. 많은 사람이 자신의 상처와 불행을 더 나아가기 위함이라 속았던 때였고 그래야만 했다. 그 감정은 누구에게도 인정받지 못했다.

어린 난 주변의 어른들에게 우울을 입막음당했고, 처절한 상황이 내 탓이라며 손가락질당하기 바빴다.

불행에 몸을 담가 이야기를 그렸다. 괜찮게 지냈던 시간도 그림을 그릴 때만 되면 우울해 미칠 것 같았다. 어두운색으로 나를 칠하면 마치 살결처럼 편안했다.

행복을 강요하지 않았던 시간이 지나고, 곧이어 많은 사람의 공감을 샀다. 맨 처음 나의 그림을 보고 연락을 준 이의 메시지는 간략했다.

'감사합니다.'

내 우울을 그림으로 표현했을 뿐인데 감사 인사를 받았다. 삶을 쓰레기라고 생각하던, 그만두어도 미련이 없다고 생각하던 19살의 나는 그렇게 처음으로 꿈을 실현할 수 있겠다는 희망이 생겼다.

아르바이트를 끝낸 새벽에는 항상 24시 탐앤탐스로 향했다. 무거워 뒤지겠는 노트북을 꺼내고 노트북보다 큰 태블릿을 꺼냈다. 손가락이 저려 한 시간마다 10분씩 휴식을 취해야 할 정도로 무리하게 작업을 했다.

누군가를 위로할 수 있다는 기대는 피곤함을 모르게 할 정도였다. 절대 친해질 수 없을 것 같던 멋진 사람의 연락과 댓글은 내가 더 성장하고 있다는 생각을 불어넣었다. 도태되고 싶지 않아서 더욱 열심히 한 것 같다.

나의 그림에 관심을 가지는 사람들은 나에게 달콤한 존재였다. 늘어나는 '좋아요'와 '팔로우' 수를 절대 무시할 수 없었다. 수많은 연락, 무시하기 바빴던 고향 친구들의 잘 지내느냐는 메시지.

과거의 '찌질했던 나'를 잊어버리기 위해 열심히 달렸다. 상처가 되었던 모든 것을 버리고 뒤돌았다. 분명 찬란한 앞날이라고 확신하며 인터넷 세상으로 들어갔다.

시비조로 달리는 댓글 하나에 3시간을 스스로 위로해야 했다. 말도 안 되는 성희롱 댓글이 달려도 보는 눈이 많아서 욕 한 번 시원하게 하지 못했다.

지나친 욕망은 원동력이 되기에 충분했다. 가난은 불행에 대한 관철을 하늘 높이 던져 나를 꽂는다. 소나기처럼 내리는 원망에 꼼짝없이 맞고 젖어선 혼자 눕는다.

풍족에서만 찾을 수 있는 취미생활을 생각하며 휴대폰과 이어폰만 챙기고 카페를 나섰다. 흔들리는 풀들과 열심히 식량을 옮기는 개미들을 구경했다. 오물이 흘러내리는 강과 닿지 못할 하늘에 수놓인 구름을 눈으로 애써 잡고는 유일한 취미인 주인공이 될 수 있는 우울한 음악을 튼다.

걸음마다 죽고 싶다고 생각을 한다.

한 걸음, 나는 왜 될 수 없는 걸까.

두 걸음, 불행은 왜 나에게만 스포트라이트를 쏘는가.

세 걸음, 행복과 안정은 내 세계에 구축이 되지 않는가.

네 걸음, 나를 빼고 행복한 사람들은 다 죽었으면 좋겠다.

담배가 피고 싶어 벤치를 찾고, 그 의자에 앉아 글을 쓴다. 내 노력의 부재를 외면하는 비겁한 스토리를 짠다. 사리사욕을 채우는 이기적인 글을 쓰고 나면 어느새 새벽이다. 짙은 네이비색 하늘에 억지 부린 듯한 하얀색을 더하면 이런 색일까.

시끄러운 새가 날아다니고 조깅을 하는 어르신들이 나타난다. 기름기 많은 내 머리카락은 떡이 졌고 푸석해진 피부가 오랜 시간 밖을 걸었다는 걸 알려준다.

으슬으슬 추운 기온 탓에 택시를 타고 집으로 돌아가고 싶지만 큰 지출은 담배를 피울 수 없게 만든다. 추우면 조금 더 빠르게 걸으면 되지. 비련한 상황을 증폭시킬 노래를 틀고 빠르게 집으로 돌아간다.

도어록을 열어 도둑놈처럼 방으로 들어간다. 새근새근 잠을 자는 여섯 살 터울의 어린 동생과 술에 취해 씻지도 않고 옷을 갈아입지도 않은 채 잠든 엄마.

한 끼밖에 먹지 못한 탓에 배고픔을 느끼며 컴퓨터를 켠다. 적어 온 글을 퇴고하는데 대부분이 얼굴 붉어지는 누추한 모양이다.

책상에 엎드려 닭똥 같은 눈물을 흘린다. 엉망이고 진창인 현실에 진절머리가 나도 고작 할 수 있는 건 허기를 채워줄 김치 김밥을 싸는 것뿐이었다.

D

그거 알아? 내가 힘든 이야기를 했을 때 항상 대변과 이해를 도와주는 너에게 사랑을 느꼈다는 걸.

잘못 만든 책

난 아무것도 할 줄 아는 게 없는 사람이다. 제아무리 좋아하는 그림이 있어도 요술처럼 뚝딱 만들어내지 못하는 것에 무능함을 느낀다.

사업을 하고 있어도 누군가에게 해가 되지 않는 선에서 최고를 줄 수 있어야 한다는 신념이 강해 손해를 보는 일이 허다하다.

인간관계는 또 어떤가, 사람 보는 눈이 없어 쉽게 상처를 받거나 멀어지는 일이 비일비재하다. 소속감을 사랑하는 사람으로서 제대로 할 수 있는 게 없다는 것은 너무나 치명적인 스트레스로

다가온다.

무언가를 배우기 위해 노력을 해도, 금방 결과를 알 수 없으면 포기해버린다. 내 노력의 가치를 너무 높게 평가하는 것일 수 있다고 생각한다. 단 한 번도 미친 듯이 노력한 적이 없으므로 이 체력을 아껴두고 싶은 것이다. 너무 오랜 시간 아픔과 슬픔에 시간을 양보한 나로서는 실패가 정해져 있는 도전은 꺼려진다.

하고 싶은 것, 할 수 있는 것에 대한 고민은 내가 죽기 직전까지 결정할 수 없는 문제일 것 같다. 영원히 해결하지 못하는 문제를 안고 살아갈 것을 확신한다.

믿음에 보답하지 못한 날

시간 날 때 나 좀 혐오해줘. 널 믿어서 했던 많은 고백을 되새기며 징그러운 분개를 해줘.

아직 죽을 수 없다고 느꼈다. 맞이하지 못한 희열과 따스한 햇살을 느껴야만 한다고 내 안에서 계속 소리치고 있었기 때문이다.

어두운 그늘에서 눈물을 쏟아내면 달빛이 눈물에 갇혀 반짝거리며 위로하곤 했다.

찌그러진 동그라미

완벽에 가까운 형태였음 좋으련만 항상 한 부분이 일그러져 있었습니다. 이해심 넓은 동그라미도, 듬직한 네모도 아니었고 매력 있는 세모도 아니었기에 항상 겉돌기 일쑤였습니다.

어느 날 용기 있는 도형은 나를 안았고, 우린 함께 녹았습니다. 나의 색을 침범당하고, 내가 당신을 침범하며 계속 우리는 섞였습니다.

두 돌연변이는 계속 모양을 바꿨습니다. 눈물 많은 원이 되고, 배려하는 네모가 되고, 화를 내는 세모가 되었습니다.

우리가 녹는 과정은 지극히 자극적이어서 나의 뼈대를 부러뜨렸습니다. 그것은 단단한 원망이었습니다.

당신이 함부로 나에게 섞었던 무모함을 좋아합니다. 썩은 질투와 유치한 집착을 애정합니다. 날 살려낸 죗값은 영속적인 사랑으로 치르세요.

집

내가 사랑한 공간은 이미 곰팡이가 핀 거야.
누울 자리 없이 살다 보니 길을 잃었지.

나는 자주
붙잡혀 들어가는
방이 있다.

어둡고
음침한

마음에
들지 않는
색상의 이불.

우울에
빠지기 쉬운
조명 밝기.

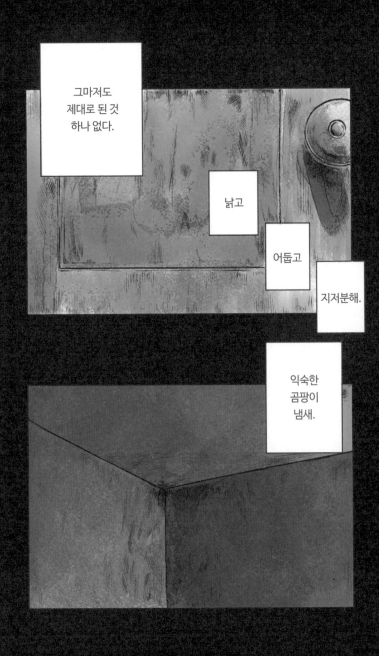

그마저도 제대로 된 것 하나 없다.

낡고

어둡고

지저분해.

익숙한 곰팡이 냄새.

소화해낼
것들을
꺼내야지.

이번엔

얼마나
있게 될까.

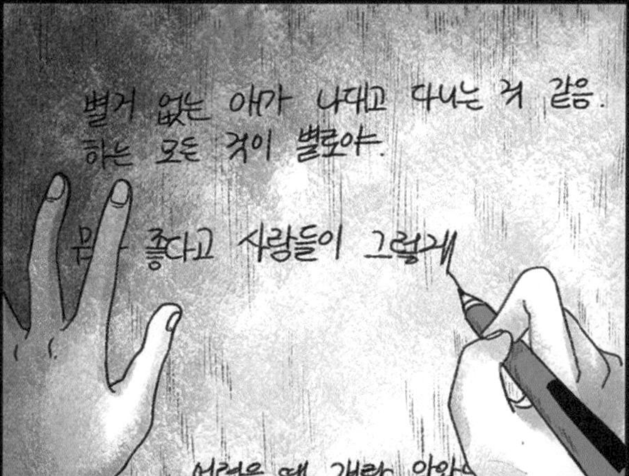
별거 없는 애가 나대고 다니는 거 같음.
하는 모든 것이 별로야.
좋다고 사람들이 그렇게
어렸을 때 개랑 알았

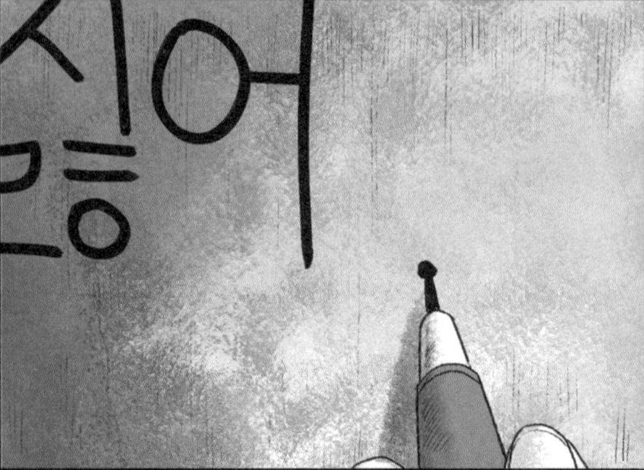
싫어

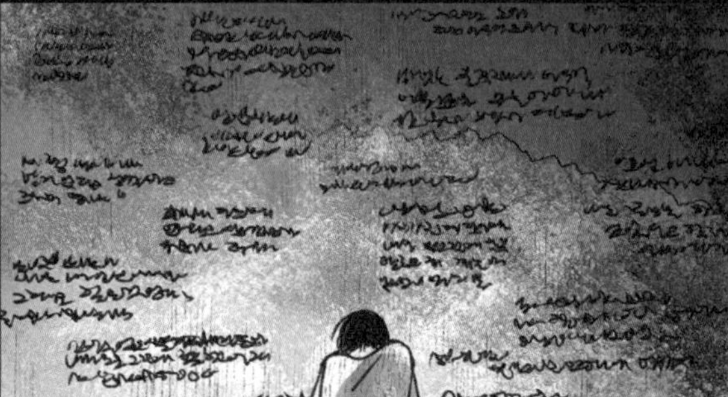

진창에 빠져도 좋으니 함께하자던 사람의 이별 통보

내 연애는 나이를 거꾸로 먹는다. 미친 듯이 사랑했다가 시간이 흐른 뒤 다시는 안 볼 사이처럼 싸운다.

사랑이 뭔지 모르겠다.

세상 모든 것이었던 네가 점점 멀어져 가는 모습을 바라보는 게 너무 아프다. 어른스럽게 사랑하다가 아이처럼 헤어지는 것, 내 연애는 언제나 그랬다.

내가 사람을 미치게 만든다는 이야기를 들었다. 아름답게 만들어져 있는 사람을 진흙탕에 구른 사람처럼 만들어버리는 능력.

사람이 변했다고 이야기하기엔 사랑의 가치가 없어지는 것 같아서 나는 그냥 재수 없는 능력이라고 생각하련다.

작은 것부터

무수히 떨어지는 별똥별을 함께 볼 수 있을 줄 알았지. 그 별똥별에 너와 같이 있게 해달라고 빌지 않고 돈을 벌게 해달라고 해서 우리가 헤어진 걸까?

감정은 마음대로 할 수 있는 게 아니야

　　아무리 너를 잊으려고 해봐도 생각이 나고 뭘 하는지 궁금해. 술을 마시든 커피를 마시든 밤이든 낮이든 내 감정이 널 원하니까 계속 연락하는 거야.

　　네가 바라는 게 정말 끝내는 거라면 잊으려고 노력하겠지만 한동안은 너무 차갑게 날 밀어내지 않았으면 좋겠어. 다른 사람으로 널 잊는 것도 싫고…. 정말 오로지 천천히 너를 잊고 싶으니까.

BEST TIME

우린 닮아서 서로를 싫어했다. 불안정함부터 애정 결핍까지. 알코올 중독부터 미움받는 것까지. 주변인들은 너와 엮이는 것을 죽도록 싫어했다. 잘못된 삶을 살게 될 것이라며 만류했다.

연락할수록 일찍 떠난 아버지의 모습이 보여서 너를 밀쳐낼 수가 없었다. 왜 내가 바꿀 수 있을 거라 생각한 사랑은 모두 오해이고 착각일까.

술 취한 친구가 우리 노래 같다며 들려주던 날, 애써 참고 있던 감정이 고작 이어폰을 나눠 끼는 일에 분출되다니. 모든 신경은 너를 원했다. 좋아하지 않던 향수 냄새, 피어싱, 가난한 주머니와 숱한 여자관계까지 네가 나에게 온다면 모두 용서가 될 것 같았다. 거지 같은 집안 꼴을 봐도 그것들을 정리하며 너와 살고 싶었다.

혼자만의 착각일까 불안하던 시간 속에 네가 굳이 안산까지 찾아와 내 아르바이트 마감을 기다리던 그날, 우리는 만나게 될 줄 알았다. 사람 없는 새벽, 분수대에 누워 별을 봤으니까. 우린 얼굴을 마주 보며 웃었으니까.

그날 이후로 연락이 없어지는 너에게 환멸감이 들었지만, 우리에게 어울린다던 노래를 컬러링으로 바꿔놓고 네 전화를 기다렸다. 좋아한다고 말하는 건 오래 걸리지 않았고 넌 나를 거절했다.

한동안 널 죽일 수백 가지 원망을 쓰고 그렸지만 내보인 적은 없다. 자극적인 사랑은 날 살려내는 것도, 가냘프게 만드는 것도 가능했다.

가끔 노래를 들을 때마다 그때의 너를 생각한다. 너와 내가 조금은 안정적인 사랑을 받으며 결핍으로부터 먼 곳에 존재하길 바란다.

뽑기

너의 사랑을 먹었고, 분노로 온몸을 발랐다.

뒤틀리는 감정을 짜내어 무얼 만들 수 있었을까.

사랑이 되다 만 감정은 썩은 모형일 뿐이야.

예민

느끼는 불쾌함이 언제부터 상대방의 공감에 따라 달라졌
는지 모르겠다. 나의 분노가 경험 미달의 흥분이라 치부된다면 수
용의 관계를 끊어내 살아갈 것이다.

우는 기쁨을 알던 때에 많은 것을 안을 수 있었다. 허락에 의해
존재하는 인간이 된 기분이다. 감정을 누군가가 판단할 수 있다면
그냥 죽어버릴 것이다.

외로움에서 증폭되는 감정을 실제라 믿는 것

약을 먹으니 나아지는 것이 있고 약으로 해소되지 않는 감정이 남는다. 많은 대화 속에서 소속되지 못한 외로움을 느끼며 천천히 버려지는 기분. 이쯤 되면 나의 서사에 반전은 없는 것 같다.

눈동자가 스칠 일은
더 이상 없었다

난 가끔 당신이 죽었으면 좋겠다고 생각해.

이해하지 못한 나를 받아들이게 될 때, 이루 말할 수 없는 죄책감과 미안함에 죽어버리는 거지.

당신의 마지막이 나로 가득 찬 죽음을 상상하고는 해.

한정

여유 없는 사람은 사는 동안 나눠줄 사랑도 열정 혹은 열등감에 나눠 썼지.

'여전히'는
아직 사랑한다는 거잖아

  자주 보지 못한 친구를 만났다. 또 내가 만나자고 연락을
했다.

  빠른 걸음에 기가 찬다는 듯, '여전히 발걸음 빠르네'라고 친구는
말했다. 작은 습관을 기억한다는 사실에 울컥해서 발을 늦추지 않
았다.

  한마디에 감동해서 울먹거린 건 창피했다. 이상하게 볼 눈동자
가 예상되어 뒤돌지도 못했다.

주인공을 죽이면 누가 그 자리를 가질까

만화를 보면 주인공을 시기 질투하여 모욕했다가 주인공 이야기를 듣고 참된 사람으로 변모하는 서브 역할이 많은데 난 아무래도 자비롭지 못하고 화가 많은 탓에 주인공은 못 될 것 같다.

완벽한 주인공을 꿈꾸지만 내 인생에 나는 여전히 누군가의 인생에 엑스트라 역할인 것 같다.

미움은 쉽게 살찐다

끊임없이 당신의 실패를 응원하고 행복이 멀어지는 걸 바라는 것. 주어진 것에 최선을 다하는 것. 하지만 쉽게 부서지는 것들을 보고 놀라지 않는 것. 나의 온도와 상대방의 온도가 다름을 인정할 것. 배고픔을 자처하는 일들엔 용기가 따르는 것. 싫어하는 감정에도 노동 값이 포함된다는 것. 맛있는 음식으로도 행복을 살 수 없는 날이 온다는 것. 육체가 바쁘지 않은 날엔 마음이 바빠지는 것. 의미 없는 미움에 일일이 대답하지 않는 것. 내가 놓으면 놓이는 관계는 순전히 나의 잘못만 있지 않다는 것. 무례한 사람들로부터 피신하는 것. 잔잔히 아파지는 배의 고통이 내 감정과 닮은 것. 모든 감정의 끄트머리에서 최대한의 냉정함을 발휘하는 것. 사랑과 평화는 함께일 수 없는 것. 감정의 폭발은 돈으로 잠재울 수 있는 것. 사람의 말과 행동, 감정이 질려버린 것. 이제 누구도 믿을 수 없고 누구도 사랑하지 않는 것.

내가 할 수 있는 모든 감정을 동원하여 당신의 불행을 빕니다.

가난히 죽는 이 없도록

삶의 큰 영향을 줬던 사람들도 그 당시에 많은 외면과 멸시를 당했을 거야. 그 시대에 무시당하다가 세기가 바뀌면서 상황이 달라진 거겠지. 우리가 죽으면 새로운 세대가 태어나고, 별난 사람은 또 존재할 거야. 공감이 필요할 때 나의 작품이 힘으로 다가갔으면 좋겠어.

내가 쳇 베이커의 우울을 사랑하듯, 내 우울을 사랑하게 되겠지. 그들이 뜻을 이해한다면 그걸로 된 거야.

미래의 관용을 위해 살자. 죽음으로부터 열렬히 도망치는 사람에게 희망이 될 수 있도록.

알코올 의존증

엄마가
집에 다녀갔다.

여느때와
다름없이

엄마는
열심히 치운
나의 집의
더러운 빈틈을
노렸다.

그러면서 쫓겨난
나의 생명수들

볼품없는
베란다 바닥에
놓여 있는
저 술들이 간절하고
특별해 보이던
나날이 기억나는데

취향이 없어

언제쯤 나에게도 좋은 사람을 재고 따지면서 만날 기회가
주어지는 걸까. 무조건적으로 좋아한다는 이유로 만나는 게 아니
라 취향과 감성이 맞는 사람을 골라 만날 유일한 기회 말이야.

달리기가 느린 탓인가

내가 되고 싶은 것들은 항상 나보다 조금 더 앞서 있었다.

날 봐주지 않는 사랑에 종이비행기를 접어 날리면 쓸데없는 쓰레기를 버린다며 야유했다. 집도 없는 내가 추위를 이겨가며 하나씩 접어놓은 종이를 색이 촌스럽다며 원하지도 않았다며 밟고 지나갔다.

모든 노력을 다 소멸하고 나서야 길을 잃었다는 사실을 알았다. 내가 사랑하는 것들은 너무 똑똑하고 예뻐서 나와는 어울리지 않았다.

그들 앞에서 나는 항상 예민하다. 뭐가 그렇게 유별나고 어찌나 못났는지. 하루하루가 별로며 늘 부족하고 언제나 맞지 않는 옷을 입은 것마냥 어설프고 어정쩡했다.

되고 싶지 않은 것들은 항상 손에 쥐어지지 않았다.

어울리는 게 없는

누군가를 사랑할 때의 모습은 하나도 아름답지 않아. 떠나 갈까 두려운 마음과 사랑했던 것들을 미워해야 하는 모순을 받아 들여야 하니까.

피상적인 모습은 내가 싫어하는 부류의 사람들과 닮아 있어. 싫어할 수 있는 자격조차 없는 거야.

뜻

혼자만의 알 수 있던 질의응답을 너는 알아챈 거야. 그래서 네가 사랑인 줄 알았고, 세계의 틀을 벗어나 다시 태어날 수 있는 참회의 기회라고 생각했어.

너의 애인이 되기 전에
써둔 글은 현실이 되었다

감정을 담아내지 않는 음성이 매력적이었어. 못난 질문에 다정한 답변은 반칙이야.

사랑이라고 착각하기 좋은 장면이다. 다음엔 네가 온 힘 다해 울고 있어.

착각했던 시간은 화가 나서 날 베고 있고 내 집을 나간 물음표들이 친구 여럿을 데리고 왔네.

원망이 울어내고, 분노가 토해내면 힘들게 떼어낸 우울을 만들지.

사랑하지 않을 자유를 버린 내가 받는 벌이겠지.

속초 여행 1일 차, 혼자 있는 시간에 두려움이 앞서 친구 한 명을 섭외해놓고 4박 5일 여행을 갔다.

전날에도 미친 듯이 술을 마셔대고는 용케 세 시간밖에 못 자고 일어났다. 일어나니 여행이 실감 났고, 과거의 내가 세워놓은 계획에 후회가 들었다. 뜬 눈으로 휴대폰을 만지작거렸다. 잠을 조금이라도 자야 괜찮을 텐데…. 그러면서도 웬일인지 잠이 오지 않았다. 어제 크리스마스의 일 때문일까.

걱정을 안은 채 최소한의 짐을 챙겼다. 고양이들이 너무 보고 싶을 것 같아서 한껏 사랑해주고 집을 나섰다.

비가 추적추적 내리는 하늘을 보고 왠지 씁쓸한 마음이 들었다. 긴 치마가 신발에 걸려 넘어질 것처럼 위태롭게 보여 그것이 날 더 불안하게 했다. 엄마의 전화로 날이 섰고, 속상한 고성이 내 귀를 찢는 것 같았다.

동서울터미널이 그렇게 멀게 느껴진 건 처음이었다. 혹여 지하철을 지나칠까 봐 가는 내내 긴장했다. 터미널에 20분 일찍 도착했다. 맛있는 냄새가 났는데 배가 고프지 않았다. 잠을 못 잔 탓이다.

혼자 버스를 타는 게 처음이라 어떻게 타는지 몰라서 애먹었다. 관리인의 지시에 따라 2층으로 가서 출발시간보다 여유 있게 버스를 기다렸다. 옆에 계신 아줌마가 사람들에게 관심을 보였다. 많은 청년이 그 아줌마의 아들, 딸처럼 보였다. 왜 그랬는지는 몰라.

버스가 왔는데, 7시 50분 '동서울→서울'이라고 표기되어 있었다. 당황했다. 뭐지? 또 잘못 찾아왔나? 이제는 나에게 여유가 없었다. 등에 땀이 났는데, 아줌마가 기사에게 버스 상단을 가리키며 말했다.

"이거 시간 잘못됐어요!"

기사는 피곤하고 노곤해서 그냥 고개만 끄덕였다. 제일 먼저 내가 올라타려 했는데 기다리라며 문을 닫아버렸다. 창피했다. 불친절이 미웠다.

기사는 짐을 버스 위 칸에 정리한 후 다시 앉았다. 버스 기사 자리는 의자가 펌핑을 했다. 그리고 문을 열어주었고 가는 곳이 여기 맞느냐고 물어봤는데 기사님은 고개만 끄덕였다. 생각해보니 기사님은 나와 아줌마가 말하는 동안 대답을 한 적이 없었다. 불친절을 저주해.

좌석을 못 찾아서 쩔쩔맸다. 자리에 앉아서 가방을 내려놓고 퍼를 벗어서 담요처럼 무릎을 덮었다. 창문을 봤는데 우중충하다. 이번 여행 뭔가 위험하다.

이윽고 사람들이 탑승하고 버스가 출발했다. 사고가 날 것 같은 노파심에 안전벨트를 꽉 맸다. 눈을 감고 좋아하는 음악을 들었다. 사인 히어에서 매독스가 부른 노래인데 가볍게 들으면 기분 좋아진다.

여러 가지 생각이 겹쳐서 불안했다. 내가 벌여놓은 사건들과 내가 버린 사람들과 남겨진 나를 상상했다. 그리고 약을 생각했다. 약을 챙겼나? 다행이다. 챙겼다.

안 그래도 혼자 있으면 불안한데 심지어 혼자 하는 여행이라니 걱정 근심 가득이다. 문자메시지엔 친구들의 걱정과 부러움이 가득했다. 비가 창문에 맞았다.

비가 와서 우울하다는 내 말에 친구는 "비나 눈이 온대. 그래도 곧 그친대"라는 말을 해줬다.

지니 뮤직과 사운드클라우드를 번갈아가면서 들었다. 레드벨벳의 〈사이코〉를 들었는데 너무 좋아서 뮤직비디오도 세 번 봤다.

졸렸는데 잠을 잘 수 없었다. 소변이 마렵다고 버스를 세운 전적이 있어서 휴게소에 들를 때까지 조심해야 했다. 혹시나 그런 일이 반복될까 봐 음료수도 안 먹고 목캔디만 빨았다. 물도 무서웠다.

버스에 TV가 있었는데 올레tv 결제를 안 해서 경고 창이 계속 떠 있었다. 버스 TV는 누가 결제해주는 것일까 생각했다. 경고 창 뒤에는 정치 뉴스가 나오고 있었다.

그리고 얼마 전에 봤던 따돌림 가해자가 피해자 집에 임의로 닭강정 30인분을 시킨 사건이 보도되고 있었다.

달리는 버스 안에서 갑자기 비가 눈으로 바뀌어 내렸다. 가평쯤에서 세상이 하얗게 변했다. 여기는 눈이 아직도 녹지 않았다.

이번 겨울엔 제대로 된 눈도 못 보고 쌓인 눈을 본 적이 없어서 속상했는데 기분이 좋아졌다. 설레서 누구랑 막 통화하고 싶었다. 근데 그 '누구'가 없었다. 뭔가 슬펐지만 이해했다.

가는 버스에서 가방 때문에 다리가 편하지 못해서 죽을 뻔했다. 쥐나는 것 같은 뻐근함이 불편함으로 변했다.

다이나믹 듀오 노래를 오랜만에 들었는데 너무 좋았다. 전율이 느껴질 만큼 좋았다. 〈먹고하고자고〉를 들으면 이번 속초 여행이 떠오를 것 같았다.

다이나믹 듀오 메들리를 하고 난 후에 양양에 먼저 도착했는데 재작년에 다솜 언니랑 친구들이랑 같이 양양에 놀러 온 기억이 났다. 여기서 아메리카노 먹고 집 가는 버스에서 소변이 마려워 버스를 세웠다. 근데 그 여행이 너무 좋아서 수치심보다는 그리움과 애틋함이 앞섰다.

그땐 여름이었는데 겨울엔 나 혼자 속초를 간다. 속초에 내렸는데 버스를 기다리는 사람들이 터미널에 가득했다. 저 사람들은 여행을 시작하는 것일까 끝내는 것일까 궁금했다.

나오자마자 손님을 태우려는 택시가 줄을 서 있었다. 너무너무 행복했다. 택시를 잡고 마레몬스 호텔로 가달라고 이야기했다. 택시 기사가 유턴을 하고 호텔을 향해 갔다. 반대편에서 타야 한다는 야유를 듣지 않아서 좋았다. 당연히 택시 정거장이 터미널 앞에 있었으니 그랬겠지만.

호텔 가는 길의 경사가 너무 가팔라서 충격받았다. 걸어서는 절대 못 올라간다. 안 그래도 잠이 부족한 터라 숙소에 도착하자마자 짐을 정리하고 사진 찍고 바다를 구경하기로 했다.

잘까 했지만 자면 하루를 통으로 날리는 것이기 때문에 참고 운동복으로 갈아입고 나왔다. 담배를 어디서 펴야 할지 몰라서 계속 걷다가 도로가에서 태웠다. 혼자 있으니까 무서웠다. 담배 피운다고 누가 해코지할까 봐.

계속 걸었다. 건널목이 없었다. 진심 20분은 더 걸은 것 같다. 배가 고팠는데 죄다 횟집이다. 혼밥족들을 위한 국밥집은 어디에도 없었다. 걷다가 보니까 사람들이 등대 쪽에 많았다. 근데 엄청 멀리 있었다. 그곳을 향해 죽기 살기로 걸었다. 이때 나는 면허를 따고 싶다고 생각했다.

너무 춥고 외로웠다. 혼자인 사람은 나밖에 없었다. 혼자 사진을 찍으면서 '지금'을 남겼는데, 속초에 해가 뜨기 시작했고 너무 아름답게 바다에 노을이 있었다. 잠 안 자고 나오길 잘했다고 생각했다.

하늘이 너무 아름다웠다. 노을이 구름을 태우는 것 같았다. 누군가랑 함께하는 여행은 말로써 소멸된다면 나는 아무와도 오지 않아서 마음에 담았다. 왠지 그 순간이 조금 더 오래 기억되는 것 같다.

친구가 내가 있는 곳 근처에 맛집을 알아봐준댔다. 차로 6분 정도 걸리는 곳이었는데, 감히 걸어서 가본다고 객기 부리다가 30분 동안 경사를 올랐다.

그리고 도착한 가게가 3시 마감이란다. 참고로 5시였다. 허탈했다. 그 근방에 있는 프랜차이즈 같은 밥집에서 소고기 낙지 덮밥을 먹었다. 첫 끼였기에 맛있었다. 김치랑 궁합이 좋아서 두 번 리필했다.

친구는 계속 미안해했다. 사실 이 친구가 무슨 죄가 있겠나, 고맙기만 할 뿐이지. 좋은 추억을 만들어줘서 고맙다고 했다. 근데 친구는 비꼬는 줄 알았던 것 같다.

누군가가 내가 놀러 간 곳의 맛집을 알려 줄 만큼의 성의를 보이는 게 좋았다. 그 맛집은 우동집이었는데 난 사실 우동을 싫어한다. 추천해준 곳을 가서 먹는 모습을 보면 이 친구가 좋아할 것 같았다.

아쉽게도 못 갔지만 좋은 마음을 알았으니 됐다.

편의점에서 맥주랑 와인을 샀다. 편의점 아르바이트생이 어린 친구였다. 내가 이것저것을 한꺼번에 담아오지 않아서 죄책감이 들었다. 결제하려고 하면 먹고 싶은 게 더 생겼다. 미안했다. 어디서 본 적 있는데 편의점에서 깨작깨작 집어서 결제하는 행위를 아르바이트생들이 제일 싫어한다고 했다.

술을 한 움큼 사들고 택시를 불렀다. 바로 잡혔다. 택시가 도착하기 전에 검색을 해봤다. 혹시 호텔에서 술을 사 가는 게 불법인가 하는 걱정이 앞섰다. 괜찮다길래 마음놓고 담배 한 대 태웠다. 너무 꿀맛이다. 역시 담배는 밥 먹고 피는 담배가 죽였다.

택시가 왔는데 지도가 잘못 찍혀서 한 블록 멀리 섰다. 내가 쫓아가려고 뛰었는데 기사는 다음 블록인 줄 알고 그냥 내 시야에서 사라졌다. 황급히 전화했는데 돌아온댔다. 낑낑거리며 술을 잔뜩 들고 택시를 탔다.

호텔에 도착해서 술을 정리하고 씻었다. 이상하게 호텔 샴푸와 트리트먼트는 내가 집에서 쓰는 것과 재질이 다르다. 묽고 특유의 호텔향이 나는 것 같다.

욕조가 있어서 묵고 있는 동안에 무조건 목욕을 해야겠다고 생각했다. 혼자 맥주를 먹다가 와인을 깠고 그림을 그리다가 책을 읽었다.『심연으로부터』를 몇 개월째 읽는지 모르겠다. 너무 좋아서 빨리 읽기 싫다. 한 장 넘기면 내 감정에 큰 태풍을 일으킨다.

하지만 너무 졸렸다. 피곤이 찌들어져 있는 나는 잘까 말까 고민했다. 그 시간이 새벽 1시였다. 너무 아깝다. 오늘 하루는 역사적인 날인데.

족발을 시켜서 먹었다. 족발 반반이었는데 주먹밥을 기본으로 주는지 모르고 하나 더 추가했다. 주먹밥 두 개로 계획에 없던 식사를 하게 되었다. 불족발이 너무 맛있었다. 불 맛나고 그런 맛집 재질 족발이었다.

배가 부르니 졸렸다. 먹거리들 치우고 누워서 하루를 생각했고, 외로움을 달랬다. 아쉬움에 TV로 〈놀면 뭐 하니?〉를 틀었는데 너무 재밌었다. 낄낄거리면서 새벽 5시쯤 잠자리에 누웠다. 알차고 즐거웠다. 첫 여행기의 첫날이 성공적인 것 같아서 나름 만족하며 잠들었다.

바람 소리인지 문이 흔들거렸지만, 안전장치 하나에 의존하며 옅은 불안과 함께 잠을 잤다. 바다 앞 호텔이라 그런지 바다가 출렁이는 소리가 좋았다. 좋은 자장가를 들으며 꿈을 꿨다.

점심이 되어서야 눈을 떴다. 오션뷰 방이라 숙소 창밖은 뜨겁게 빛나고 있었다. 천국에 온 것처럼 아름답다 싶은 색은 전부 바다가 품고 있었다. 그것을 구경했다.

파란색에 연두색이 물들었다. 구름 한 점 보이지 않는 하늘은 괜스레 기분을 들뜨게 했다. 샤워하고 소파에 앉아 와인을 깠다. 배달 음식밖에 먹을 것이 없어서 빈속에 와인을 털어 넣고 글을 썼다.

마음 한편에 속상함이 가득했다. 강원도에 오면 항상 금진항에 가야 하는데, 그곳은 도로를 타야 갈 수 있는 곳이라 버스와 승

162

용차가 아니면 방문하기 어려웠다. 이마저도 버스는 배차 간격이 95분에 육박하여 기다림이 쉽지 않다. 택시는 10만 원이 훌쩍 넘는 거리다.

운전면허는 왜 따지 않았을까. 항상 다른 이에게 부탁하여 방문하던 곳이다. 아빠를 보러 갈 때면 누군가에게 미안함을 느껴야 했다.

방파제에 부딪힌 아빠는 어디로 흘러갔을까. 시간을 돌려 가까운 곳에 모시고 싶다는 후회는 언제쯤 멈추나.

아빠에게 보내는 편지를 쓰고 소파에 앉아 가만히 노을이 지는 걸 구경했다. 와플 과자에 와인을 먹고 취한 나는 기록을 위해 사진 몇 장을 남기고 안부를 묻는 이들에게 셀카 사진을 보냈다. 친구는 미소로 나의 행복을 알아챘다.

밤바다도 아름답다. 어선에서 나오는 빛을 별이라 생각했다. 바라본 모든 시야에 별이 빛났다. 창문을 열어 파도 소리를 음악 삼아 책을 읽었다.

생각해보니 종일 술밖에 먹은 것이 없었다. '여의도 호텔에서 먹었던 해물라면이 내 인생 라면'이라고 종종 말해왔던 나는 속초 해물이 들어간 라면은 얼마나 더 맛있을까 부푼 기대를 안고 해물라면을 시키는 실수를 범하고 말았다. 맛이 없어도 너무 없어 결국 배고픔에 꾸역꾸역 식도로 음식으로 넘겼다.

배부름에 침대에 누워 공상하다가 엊그제 받은 편지를 떠올렸다. 혼자 떠나는 여행이라고 보이지 않았던 사랑은 일사불란 흩어진 애정을 모아다가 나에게 꼬옥 쥐여주며 잘 다녀오라 했다. 현진이의 로또, 다솜이의 5만 원과 편지를 번갈아보며 킹사이즈 침대에서 엉엉 울었다. 유년기의 사랑과 성년의 사랑이 함께 어우러지면 내가 이런 모습으로 자지러지는구나 싶었다. 잔뜩 사놓은 와인과 맥주를 번갈아 먹으며 사랑을 관찰했다.

그러다 담배를 피우고 싶어졌는데, 추위를 이겨가며 엘리베이터를 타고 밖에 나갈 용기가 나지 않았다. 가져온 USB가 고장나 아이패드 충전이 어려워지고 나서야 밖을 나섰다. 오랜만에 바깥공기를 맡는 느낌이었다.

경사가 심한 내리막길을 걸어 도착한 편의점에서 버블몬, USB, 카누를 구입하고 돌아왔다. 외출할 때마다 수명이 줄어드는 것 같은 추위였다. 영하 날씨에 얇은 퍼 한 장만 들고 여행을 온 나는 제

정신이 아니었다.

카누를 타 마시고 재즈 음악을 들으며 숙소를 정리했다. 손님이 도착하는 날이다. 인스타그램으로 연락이 닿은 우린, 같은 동네에 사는데도 굳이 속초에서의 만남을 약속했다.

그는 음악을 했다. 사실 그의 음악을 제대로 들어본 적이 없어서 벼락치기 공부를 시작하던 참이었다. 그가 지금까지 낸 앨범을 모두 정독했다. 숙소에 도착하기 전까지도 난 그의 음성을 외웠다. 알아채지 못했던 매력을, 만나기 직전에야 함축하여 흡수하니 머리가 어지럽기도 했다.

밤이 되어 도착한 그는 호텔 앞에서 사나운 강아지를 만나 도망치느라 더 늦게 도착했다고 말했다. 대화를 처음 한 사람처럼 나는 떠들었다.

아버지가 보고 싶던 일, 횟집분이라 속초에서 제대로 된 음식을 먹지 못한 일, 친구가 준 5만 원과 로또를 받은 일까지 조잘대며 외로움을 털어냈다.

그는 가만히 들어주는 사람이었다. 내가 우울하다 말을 전하면 자신에게 우울은 숨 쉬는 것이라며 대답하는 남자였다.

침대에 누웠는데 갑작스러운 불안함이 올라와 호흡곤란이 왔다. 호흡기를 한 후, 재미난 이야기를 해달라며 부탁했는데 '신데렐라가 잠을 못 자면 뭐게요? 모차렐라!' 이딴 농담만 해대서 어이없어 웃음이 났다. 진정된 마음으로 그의 팔베개를 베고 좋은 음성을 라디오 삼아 눈을 감았다.

다음 날 그는 차를 빌렸다. 김치볶음밥을 먹으러 속초 터미 널 근처 '오두막 레스토랑'이라는 오래된 연식이 있어 보이는 가게 에서 식사했다. 옛날 '캔모아' 느낌이 물씬 났다. 어려진 기분이었다.

밥을 먹고 그는 나를 금진항에 데려다주었다. 보고픈 아버지에 게 인사를 드리고 나서야 올해의 죄책감은 사라졌다. 해가 바뀔 때 마다 금진항을 가지 않으면 친구와의 대화에 공백이 생길 때, 술자 리에서 담배를 피울 때, 샤워하며 머리를 감을 때 자꾸 아버지 생각 이 난다.

분명 낮이었는데 호텔에 도착하니 늦은 밤이었다. 배고픔이 밀려와 횟집이 몰려 있는 쪽으로 산책하러 갔다. 가장 깨끗해 보이고 사람이 없는 횟집에 들어가 그와 술을 마셨다. 살짝 바가지를 썼지만 회는 맛있었다. 무엇보다 속초 바다에서 처음 먹어보는 회였다. 값보단 의미가 더 있었으리라.

불안함을 주제로 토론하거나, 우울을 어떻게 대하는지 사색이 묻은 대화를 하며 우리가 어울리는지를 시험하듯 궁금증을 해소했다.

콘샐러드를 리필할까 고민하다가 술자리를 끝내고 호텔로 돌아왔다. 나보다 머리가 길었던 그는 샤워하는 데 나보다 오래 걸렸다. 확신 없는 관계의 불안함에 대해 고민하며 잠들었다. 바닷바람에 흔들리는 문이 무섭지 않은 유일한 잠자리였다.

　　날이 밝았고 그에게 감사함과 애정을 동시에 느꼈을 즈음, 정해진 시간이 되어 그는 서울로 가야 했다. 버스터미널까지 배웅했는데 비흡연자인 그는 나의 흡연을 기다려주었고 "서울에서 봅시다." 하고는 쿨하게 버스에 올라탔다.

　　택시를 타고 호텔에 돌아왔다. 또 혼자만의 시간을 보내야 했다. 하지만 그와 나의 관계가 어떻게 발전하게 될까 상상하며 작업하는 일은 꽤 재밌었다.

　　연애라면 진절머리가 날 만큼 해보았지만, 만날 때마다 다른 자극을 주어, 이 중독을 끊지 못한다. 뻔한 만남과 흔한 이별은 달갑지 않은데 왜 이리 그 중간에서 마주하는 일화들이 재밌는 건지. 부딪히며 나는 소리는 어떻고, 같은 상황임에도 사람이 다르다는 이유로 대사가 다른 것도 흥미롭다.

연애를 안 한다고 질러놓은 다짐은 외로움과 함께 저 바다랑 함께 쓸려 간다. 새로운 감각에 눈뜨게 해주겠다고 찾아오면 맨발로 달려 나가는 나는 어쩔 수가 없다.

맥주를 힘껏 들이붓고 글을 썼다. 설렘 가득한 상황에서 내가 쓴 글은 미리 이별을 예상하는 글이었다.

어제 마무리하지 못한 작업을 끝내니 저녁이 되었다. 밥을 먹어야 하는데 배달 음식도 지겹고 편의점은 멀어서 곤란했다. 검색하던 중 내가 묵고 있는 호텔 꼭대기에 스카이라운지가 있다는 정보를 접했다. 세상에 이리 경사스러운 소식이 다 있나. 무려 생맥주도 판매하는 공간이었다. 좋은 곳을 마지막 날 알다니 억울했다.

바로 엘리베이터를 탔다. 그곳은 바다가 보이는 고급스런 레스토랑이었다. 로제 비스무리한 파스타를 맛있게 먹고 바다로 입가심을 했다. 이왕 숙소에서 나온 거, 호텔 주차장에 있는 흡연 장소

로가 못 피웠던 담배를 피웠다. 당장 내일 서울로 돌아가야 한다니 믿을 수가 없었다.

나는 속초에 온 후, 숙소를 제외한 다른 곳을 제대로 다녀본 적이 없었다. 처음으로 면허를 따야겠다는 열의가 생겼다. 하지만 술을 너무 좋아하는 탓에 아무래도 금방 포기할 것 같다.

마지막 밤에는 나에 대한 글을 썼다. 곧 신년이라 올해 버려진 감정에 대한 정리가 필요했다. 사업과 병행하며 작업을 하는 게 얼마나 힘든지 깨닫는 요즘이다. 돈에 대한 여유가 생기면 자유롭게 작업을 하게 될 줄 알았는데, 시간의 반을 사업적인 머리로 굴리다 보니 창작이 나오는 구멍에 먼지가 낀 것 같다. 새로운 아이템 구상, 판매 증진을 위한 마케팅을 고민하는 시간이 벌써 첫 책을 내고 2년이나 지났다.

작가로서 금전적 여유를 담당하는 부분이 충당되어야 했는데 사업가가 되어버린 것 같다. 그림을 그릴 땐 부족해도 해소되는 감정에 영원히 해낼 수 있으리라 생각했다. 응원을 받으며 독자와 나란히 있는 것 같았는데 요즘은 손님을 응대하며 사는 것 같다. 작가의 삶과 사업가의 삶이 조화를 이루는 건 실패한 셈이다.

나의 추종자는 사라졌을까. 버리는 것 없이 모두 데리고 이곳을 나가고 싶다. 말이 아닌 행동으로 이 책을 내보낸 뒤엔, 작가와 사업가로 분리되는 게 아닌, 나라는 사람이 서 있을 수 있도록 할 것이다.

이번 여행을 통해 배운 것을 절대 잊지 않으리라 다짐했다. 아주 조금 울었지만, 내색하지 않고 하얀 침구에 몸을 싣는다.

나는 익숙한 숙소에 인사를 한 뒤에, 사진을 찍었다. 그림으로 그려질 공간이다.

내 몸만 한 짐을 들고 택시를 탔다. 바다 옆 도로를 탔는데 마치 드라이브하는 것 같아서 기분이 좋았다. 마침 하늘은 내가 떠나는 게 아쉬운 마냥 흐릿흐릿했다.

멀어서 한 번밖에 못 가본 편의점을 지나, 담배를 피운다고 해코지를 당할까 무서워했던 도로, 술을 먹었던 횟집. 그새 정들어버린 속초시를 눈으로 기억하며 터미널에 도착했다.

여전히 물을 마시면 큰 실수를 할까 봐 목캔디를 먹으며 버스를 기다렸다. 좌석에 앉자마자 '안녕'이라고 올린 숙소 사진을 보고 두 사람에게 연락이 왔다.

"비 와. 조심히 와"

"비 와. 조심히 귀가해"

희미하지만 데일 것 같은 사랑 덕에 난 불안함을 속초에 두고 안전히 서울에 도착할 수 있었다.

금진항

안녕, 아빠. 나야, 사랑하는 첫째 딸.

하필 먼 곳에 있어서 보고 싶을 때 올 수 없다는 것이 괴로움이야. 예전엔 삶 전체가 아빠였는데 당신 없는 인생은 나에게는 너무 큰 시련이었어. 못 해준 것들이 선명히 남아서 그리움으로 다시 돌아왔어. 그리고 죄책감과 친구를 해야 했지.

사랑이 보였을 땐, 내 목소리가 당신에게 닿을 수 있다는 게 축복인 줄 몰랐어. 보고 싶어 미치는 날엔 어떻게 해야 할지 감이 안 와. 아직도 우는 것밖에는 표현할 수 있는 게 없어. 나에게 알려줬던 사랑은 그 누구도 대체하지 못할 만큼 아름답고 깊어서 이따금 편지를 쓰게 만들어.

당신의 유약했던 모습이 자꾸 생각이 나. 지금의 나와 너무 닮아있는 당신의 과거를 이해하지 못한 게 내 평생의 한이야. 표현을 못하던 사람이 나에겐 한없이 사랑한다고 이야기했잖아. 당신의 사랑은 진짜였어. 내가 알아.

자신 있게 나를 사랑하는 사람이라고 말할 수 있는 유일한 사람이 떠났어. 난 앞으로 얼마나 낮은 자존감의 삶을 살게 될까. 사랑 가득한 모습이 나의 방향을 알려줬으면 좋겠는데, 능숙하게 날 안았으면 좋겠는데.

내가 할 수 있는 게 고작 당신을 향한 반성문을 쓰는 것밖에는 없어. 사랑을 쓰려고 펜을 잡으면 그리움을 쓰고, 그리움을 담으려면 사죄밖에는 못 담겠어. 그곳에서 나의 눈물이 화폐가치가 있다면 당신은 억만장자가 돼 있겠지.

사랑해. 미안해. 고마워. 사랑해. 미안해. 고마워. 다음 생엔 조금 더 일찍 담배를 배워서 '맞담'을 하고, 술을 배워서 외로움을 함께 나눌 수 있는 딸로 태어날게.

나에게 한 번 더 기회를 주길 바라.

잘 지내고 있어.

다음에 또 올게.

문턱에서

우리가 이끌렸던 가장 가장 큰 이유는, 너는 사랑의 속성이 컸던 사랑이었고 나는 우울이라는 감정이 컸던 사람이었기 때문이다.

이상형

"이렇게 다 주면 넌 뭐가 남아?"

"너에게 주는 건 잃어지는 게 아니야. 더해지는 것이지."

나의 죽음

내가 죽었다.

자영이랑 엄마다.
그만 울어,
바보들아!

제일 미안한
우리 언니.
이제 누가
술 마셔주나.

죽으면 꼭 틀어달라고 했던
hostage 노래!
약속 지켜줬구나! 고마워.

하얀색 원피스를 입고
죽으면 피로 물든 붉은색
원피스가 되겠지?
예쁘겠다.

이거 협찬받은 건데
혹시 기사 떠서
'친절한 금자씨'처럼
핫해지는 거 아니야?

그 반대려나?

이 많은 옷은 어떡하지?
자영이 주라고 할까?
엄마 성격에 '네 언니 옷 좋아하니까
저승에서도 입으라고 하자!' 하면서
태울 것 같은데….

옷들은 자영이 다 줘!
만약 정리되다면 팔아서
내 장례비에 쓰시오.
절대 절대 태우지 마..
안 입은 옷도 있고 꽤 비싼옷
많아

됐당!

옷들은 자영이 다 줘!
만약 찝찝하다면 팔아서
내 장례비에 쓰시오.
절대 절대 태우지 마..
안 입은 옷도 많고 꽤 비싼옷
많아

그리고 자영아
반드랑 신나를 평생 사랑해줘.

예고

　사랑한다고 말하지만 잠겨 죽을까 봐 뒤꿈치 드는 사랑은 필요 없어요.

인생의 구원자

　　그녀와 나는 SNS 친구였습니다. 귀여운 얼굴에 터프한 성격의 그녀는 누구에게나 사랑받았습니다. 의리 있는 모습에 그녀의 옆자리는 항상 많은 사람으로 가득했습니다.

　　그녀와는 내 나이 19살, 생고기 집에서 아는 언니의 친구로 처음 만났습니다. 페이스북에서 유명한 언니가 등장하니 등이 뜨거워지는 것 같았습니다. 오늘도 힘들었으니 맥주 한잔 마시자며 이모에게 고래고래 맥주를 주문하는 모습은 아직도 깊은 인상으로 남아 있습니다.

상추에 고기, 마늘, 고추를 번갈아 싸 먹으며 내 이야기에 거짓 없이 답변하고 공감해주는 그녀를 보며 '이 사람의 지인이 되고 싶 다'라는 욕심이 생겼습니다. 고기는 눈치 없이 빠르게 없어졌고 우 리의 번개 만남은 금방 끝이 났습니다.

주변에 많은 사람이 있는 그녀와 외로움 가득한 안산으로 곧 돌 아가는 나는 너무나 세계가 달라 '우린 절대 섞일 수 없는 존재'라 고 생각을 했습니다.

시간이 흘러 내가 20살이 되었을 때, 홍대 작은 지하 펍에서 운 명처럼 그녀를 다시 마주쳤습니다. 마침 친구는 약속 시간에 늦었 습니다. 외로움에 지배당해 친하지 않음에도 불안한 가족사, 인간 관계에 대한 우울함을 모두 털어놓았습니다. 어두운 공간에서 하 나의 촛불에 의존한 채, 그렇게 우리는 대화를 했습니다.

친구의 등장으로 이야기는 끊어졌고 짧은 만남은 끝이 났습니 다. 하지만 그 뒤로 우린 잘 지내냐는 연락을 주고받는 사이가 되었 습니다.

새해가 되었고 그녀에게 한 통의 문자를 받습니다.

"새해 복 많이 받아. 내가 연락도 잘 안 하고 널 찾지 않아도 언니가 너를 되게 많이 생각해. 티 안 내더라도 주변에 많이 자랑하고. 네가 누구한테도 상처받지 않았으면 좋겠고 이용당하지 않았으면 좋겠어.

알아서 잘하겠지만 그래도 고민이나 할 이야기가 있거나 누군가를 욕하고 싶으면 신문고같이 다 들어주고 함께 욕해줄 테니까 부담 없이 연락해. 의지할 수 있는 언니가 되어줄게. 조만간 보자.

언니가 입으로 털어야 말 잘하는 거 알지? 문자로는 표현이 안 돼. 내가 만난 동생 중에 너만큼 마음 쓰이는 애가 없다. 그냥 나 같아서 그런가 봐.

홍대 오면 자주 들리고 그래, 인마. 그만 떠들래. 사랑해."

나만큼이나 누군가를 진심으로 오래 생각하는 사람이 있다는 감동과 그 대상이 나라는 행복에 곧잘 그녀를 따르기로 했습니다. 이 문자를 시작으로 나는 가감 없이 만나자며 그녀에게 먼저 연락했습니다.

강아지 '놈이'와 '명보'가 있는 집에 초대되어 맥주를 기울이며 삶의 크고 작은 일들을 이야기했습니다. 아무것도 필요 없었습니다. 몬스터피자에서 사온 피자 한 조각에 맥주를 마시는 일이 마치 영화의 한 장면 같았으니까. 옆엔 귀여운 강아지 두 마리가, 앞에는 사랑스러운 친구가 있다는 건 인간관계에 대한 방황을 종영하는 것과 같은 일입니다.

그녀는 나에게 조언을 아끼지 않았으며 안산을 두려워하는 나에게 삶을 송두리째 바꿀 이야기를 해줬습니다.

"홍대에서 살자. 우리, 도보 10분 이내의 거리에 항상 존재하자."

사업으로 모은 500만 원 남짓한 돈을 들고 서울에 올라올 수 있었던 깡은 오로지 그녀에 의해 만들어진 것이었습니다.

바쁜 와중에 집을 찾아보러 함께 부동산을 다녔습니다. 집에서 10분 걸리는 원룸의 조건은 오물에 뒤덮여 중개인도 추천하지 않은 방이었습니다. 하지만 선택권이 없어서 우리는 이 공간을 닦아내고 살아보자며 그 원룸을 계약했고 페인트칠과 더러운 때를 벗겨내며 한동안 공을 들여 청소했습니다. 그 집은 처음으로 생긴 안식처였고, 내가 틀리지 않다는 걸 증명하는 유일한 공간이었습니다.

다음 달 월세를 위해 밥버거를 먹고 가끔 사이다를 먹는 사치를 부리며 디자인 일을 했습니다. 그 시절에 김칫국물을 넣은 라면이 맛있다는 걸 처음 느꼈습니다.

외로움이 사무치면 5분을 달려 언니에게 갔습니다. 그때마다 언니는 투박한 위로를 건네 내가 우울에 잡아 먹히도록 놔두지 않았습니다.

그녀 이름 아래 가영을 새기는 것은 기다리는 걸 못 하는 나에게 여유를 넘겨주고, 참는 걸 잘하는 그녀에게 폭발을 알려주는 행위였습니다.

같은 시절을 함께 보냈습니다. 가지 않던 클럽에 다녔던 일, 술을 멀리하던 둘이서 3차까지 달리던 일, 새로운 사람을 만나 서로의 특별함을 인정하는 일까지 변화 속에 좋은 영양분을 섭취하며 우린 무럭무럭 자랐습니다.

그러나 내 사랑은 불안으로 대답하는 안 좋은 습관이 있었습니다. 그녀의 애인이 생길 때마다 멀어짐을 각오하는 것은 잔인했고 보고 싶은 마음을 넣어두는 연습은 익숙하지 않아 난 행복과 불행을 섞은 동아줄에 올라탔습니다. 다른 이와 놀고 있는 것을 목격하면 고작 하나 가진 인형을 빼앗긴 아이처럼 그녀의 술자리에 따라가 불안을 멈추고자 했습니다.

부정적인 말을 퍼붓는 내가 아닌, 긍정의 말을 전하는 사랑 가득한 그녀의 친구를 보며 미리 이별을 예습했습니다.

그녀에게 집착하는 것을 멈추기 위해 애인을 번갈아 만나기 시작했습니다. 순간의 입막음이 가능한 것은 다행이었습니다. 내 사랑은 원치 않은 곳과 원하는 곳에 분산해야 조금은 일반적이 되었습니다.

사랑에는 소질이 있다고 믿습니다. 마침 내가 제일 못하는 게 사랑이라 자주 망가진 모양새로 이별을 했고 눈을 뜨면 그녀 앞이었습니다.

나는 보고 싶다는 말이 듣고 싶어 억지로 연락을 안 하거나, 질투심 유발을 위해 다른 이와 더욱더 친해지는 것을 마다하지 않았습니다. 폭력이 다분한 애정으로 과거의 사랑과 현재를 비교했습니다. 가족 같은 사이라는 이유로 연락이 부재하면 방치된 것 같았습니다. 1순위가 되고 싶어 그녀의 남자친구를 미워하는 행위도 기괴했습니다.

그냥 연애하지 않고 나랑만 지내주면 안 되느냐고 물어본 밤이 있습니다. 진심으로 그녀의 것이 되고 싶었고, 가지고 싶었습니다. 우울증이라는 유약함을 이용해 그녀를 곁에 있게 했고 병들게 했습니다.

관심에 미움 한 스푼이 들어가니 내가 알고 있는 그녀가 싫어할 만한 말을 모두 모아 건넸습니다. 그녀는 울었고 나는 떠나려고 했습니다.

불온한 감정으로 글을 쓰고 드디어 책이 나왔을 때, 여섯 권의 책을 구매하고 다른 이에게 자랑하는 그녀를 보면서 나는 죽고 싶었습니다. 사랑을 의심한 대가를 치러야 하는 날이었습니다. 나보다 더 기뻐하는 모습을 보며 알 수 없는 감정이 올라왔습니다.

얼마 지나지 않아 그녀에게 나의 책을 선물받았는데, 페이지마다 답글을 달아 건네주었습니다. 물음표를 닮은 글에 사랑을 꾹꾹 눌러 쓴 편지였습니다.

'끊임없는 감정의 재앙 속에 언제든지 가영이를 구해줄게, 내가.'

건강하지 못한 사랑은 유지될 수 없었습니다. 불안은 작은 미동을 먹이 삼아 더욱 커진다는 걸 배웠습니다.

그녀의 친구들 모임에 따라나서는 일도 그만두었습니다. 요즘은 제법 유연해진 모양새로 안부를 묻고 보고 싶으면 그녀와 약속을 잡습니다. 아직도 질투가 만연하여 주변에서는 언제까지 그렇게 지낼 것이냐 묻지만, 그 질문에 마흔까지만 하겠다고 대답했지요.

확신은 못 하겠습니다. 삶이 무너질 때 가장 먼저 찾는 곳은 정해져 있고, 나는 계속 사랑 가득한 그 방을 떠나지 않을 테니까.

그럼에도

우리는 자주 밝은 길과 어두운 길을 따로 걸었다.

너는 울고 나는 웃고 같은 손을 잡고 다른 모습으로 함께했다.

진실게임

사람들은 더 이상 속지 않는다.

거짓으로 만들어낸 이야기를 믿지 않는다.

본체의 진실과 진실에서 파생된 거짓을 믿으려 할 뿐.

틀린 적이 없다

어떤 것에 아픔을 겪는다는 걸 털어놓으면 그 순간부터 기대가 생겨. 내 아픔을 대변해주고 방어를 해줄 수 있는 사람이 생기지 않을까 하는 기대 말이야. 그러다가 실망하고 미워하고 무너지지.

나는 하지 못했다

아무렇지 않게 잠을 자는 것, 즐길 정도의 음주가무, 불안이 빠진 대인관계. 난 하지 못했다. 눈에 보이는 사랑을 믿는 것은 불가능하다고 생각했다.

그는 자주 나의 불안에 몸서리를 쳤다. 손을 잡고 이별을 말했으며 같이 누워 서로가 싫다고 소리치기 일쑤였다.

내가 들이민 사랑은 터무니없이 커다랗고 버거울 만큼 예민했다. 자주 닦아줘야 했고, 끊임없는 애정을 줘야만 죽지 않았다.

그는 최선을 다해 노력했다. 다치지 않도록, 우울에 잠겨 죽지 않을 정도만 나를 들어 올렸다.

하지만 우리가 서로를 갉아먹는 해충과 다를 바 없다는 생각이 들 때쯤 그는 오이도 한가운데서 내가 준 사랑을 환불했다. 우리는 벤치에 앉았고 고요함이 지나쳐 불안을 만들 때쯤 그는 웃으며 그만하자고 했다.

예약해둔 모텔에 하필 우리 짐이 있었지?

막 헤어진 연인은 멀찌감치 떨어져 앉고는 택시에서 침묵을 지킨다. '아, 맞다 항상 택시에서 이별 사유가 나오고는 했는데'라는 생각이 스친다.

호텔 이름을 빌린 모텔에 들어가 서로의 짐을 챙긴다. 오래된 인테리어는 담배를 피울 수 있다는 장점이 있다.

이제야 나를 놓을 수 있을 것 같다는 표정인 그에게 마지막 질문을 하고, 공간을 나가는 뒷모습을 보고 말아야 이별을 실감한다.

고향과 가까운 오이도라 다행이라며 안도해야 할지, 친구에게 전화를 걸어 보고 싶다고 말한다. 이내 부질없는 이별 스토리가 지겨워졌다. 힘들다는 것도 거짓말처럼 느껴진다. 보고 싶은 친구마저도 오이도에서 맞이한 이별의 괜찮은 위로라고 덮는 것도 싫어진다.

　불행히 우리는 서울 마포구 주민이다. 서울 택시를 잡는 모텔 앞에서 마주치진 않을까, 집 근처에서 마주치진 않을까 나는 세 시간 동안이나 모텔에서 담배를 피웠다.

　도무지 불안한 모텔에서는 잠을 잘 수 없어 짐을 챙기고 택시를 탔다. 내 의사와 상관없이 흐르는 눈물을 기사님은 기꺼이 모른 체했다. 멀미하는 탓에 나는 음악을 계속 들어야만 구토를 억제할 수 있었는데 어이없는 이별에도 자극을 멈출 수 없어 그의 음악을 들었다.

　주마등처럼 스치는 추억들은 그림을 그릴 수 있는 원료가 된다. 더욱 건강해지겠노라 다짐했다. 잘못 쓴 일기장을 통째로 쓰레기통에 버린 사람처럼 나는 당신을 잘못 썼다는 마음가짐으로 새 삶을 살고자 다짐했다.

　제일 먼저 약을 끊었다. 의존에 가까운 약들은 나를 병들게 했다. 아무것도 하지 못하는 수동적인 환자가 되는 것만 같았기에.

　나는 불행해질 때마다 운동을 했다. 울 것 같은 날에는 매일 일을 찾아서 했다. 그가 보고 싶은 날에는 음악을 즐겨 들었다. 그로 인해 느끼는 감정으로 글을 쓰거나 그림을 그렸다.

나는 너에게 감사함을 바친다. 당신은 나와의 이별에서 미안함을 남겼을 것이다. 살기 위해서 떠났을 것이다. 함께 있으면 누군가는 계속 상처를 받았을 테니깐.

네가 보여준 모든 사랑은 대단했고, 특별했다. 절대 작지 않았다는 것을 그때는 말해주지 못해서 서운하다.

삶에서 나아질 수 있다는 희망이 보인 건, 사랑을 받으며 자랐을 때가 아니었다. 진심으로 나아지고자 모든 걸 스스로 이행했을 때였다.

나는 나아졌다. 불안정함은 심연에 놔두고 언제든 사용할 수 있게 고이 간직했다. 수영을 배운 것이다. 당신을 아프게 했던 나의 손과 숨통을 조르던 목소리, 돌게 했던 약 기운은 비로소 모두 평안을 찾았다.

파괴적인 애정에 자주 힘들었을 당신에게 사과하고 싶다. 죄책감을 느낀다면 괜찮다는 인사를 전하고 싶다. 혹여 불행을 바란다면 잔잔한 어둠을 만끽하고 있으니 이제 괜찮아져도 된다고 말하고 싶다. 요동치는 파도에서 빠져나오라고 안내방송을 하고 싶다.

귀갓길

날 사랑하는 것들이 슬프게 하는 밤이야.

애인의 걱정, 친구의 택시 번호판, 친동생의 안부, 엄마의 부재중.

모든 것이 날 엉망으로 만들고 있잖아.

마지막 나레이션

보이지 않아서 추는 트위스트는 아름답지 않더라.

형제집 앞에서

아프고 힘들다고 왜 그러느냐고 울면서 말하는 당신에게 나는 아무런 말도 하지 못했습니다.

늘어놓는 이야기는 변명이 되고, 부정하자니 당신의 눈물이 더 흐를 것 같았거든요. 품을 안자니 당신이 나를 밀칠 것 같았고 가까이 가면 도망갈 것 같아서 그냥 바라만 봤습니다.

용기를 내던진 한마디는 정적에 묻혀 잠겼습니다. 나는 큰 심장 소리를 느끼며 당신의 정수리를 구경했어요.

쿵-쾅-쿵-쾅쿵쾅쿵쾅쿵쾅쿵쾅

잡히지 않던

내 사랑의 믿음이 고작 이만해.

아주 고작 요만큼이라 미안해.

영원히 너의 사랑을 해석할 수 없겠지.

무용지물인 감정을 끊임없이 주는 사람은 없을 거야.

사람은 알아주지 않으면 내어주지 않으니까.

돌이킬 수 없는

끌림은 어쩔 수 없지만 미움은 자유자재야. 네가 마음을 정리하기 위해 하는 증오는 언제든 괜찮아. 그럴 수도 있는 거야.

원망과 미움은 무슨 짓을 해도 내 편이니까. 이미 식어버린 감정은 우산이 되어줄 수 없을 것 같아.

완벽에 가까운 블루

　　정신 나가듯이 사랑할 수 있을까. 절대 변하지 않을 것이란 믿음 하나로 달리다가 네가 내 손을 놓았을 때 온전히 내가 그곳에 있을 수 있을까. 변해도 상관없다고 그 순간에 최선을 다하며 끌어안을 수 있을까.

　내 안에 네가 너무 가득한 것이 문제였을까. 네 손을 잡았는데 나와 같은 온도가 아니라 실망했을까. 향기가 전에 만났을 때와 달라져서 슬펐을까. 걷는 보폭의 차이 때문에 눈물이 났을까. 네 눈동자가 나를 비추지 않아서 화가 났던 걸까.

이별한 사람과 또 이별을 한다

항상 그랬어. 난 비겁한 겁쟁이야. 네가 싫어하는 이기적인 모든 것을 갖춘 채로 삶을 살아냈어.

두려움이 오면 도망가야 했고 외로움이 밀려오면 숨을 가득 참은 채 기다렸지. 바람대로 온몸으로 그 감정들을 막았으면 살아있을 수 있었을까.

무모한 도박에 나를 걸어야만 네가 원하는 모습이 될 수 있었을 거라는 생각이 쉴 틈 없이 우울을 만든다.

네가 날 싫어한 이유

　　술의 힘을 빌리지 않아도 글을 쓸 수 있다는 사실은 꽤 환상적이었습니다. 커피 한잔을 마시며 애인의 연락을 기다리며 글을 쓰는 일은 너무나 큰 영감을 안겨주기 때문입니다. 사랑과 커피, 원망과 사랑이 있으면 할 수 있는 일이 많아집니다. 그림을 그리거나 글을 쓰면서 우울을 토해내는 뭐, 그런 거요.

　　뒤돌아 가끔 이상한 형태로 누워서 자는 고양이들을 보면서 시간을 보냅니다. 그래놓고 이 글 쓰고 술을 찾고 있어요. 술을 벌컥벌컥 먹고 취해서 잠자고 싶다.

오지 않던 내일

딱 오늘까지만 대책 없이 아프고 힘들고 무력해져야지. 그만큼의 감정을 담았던 그릇이 깨졌으니 오늘 하루 정도는 이래도 괜찮지?

내일은 미움과 악수를 하고 원망과 이별을 할게. 그리고 직접 그리고 색칠한 연에 널 담아서 멀리 날려 보낼 거야.

바람이랑 같이 춤을 추며 멀어져 줘. 이별하자, 우리.

굴레

내가 아닌 것들이 찾아왔다. 과거로부터의 회신, 진흙들이 모양을 갖춘다. 더러운 손으로 쓰다듬고 냄새나는 몸으로 껴안는다.

온갖 변명거리를 대지만 이들은 절대 놔줄 리가 없다. 1분이 60분이 된다. 60분은 금방 24시간이 된다. '오늘이 지나면 나아질까'라는 기대는 일찍 버려야 했다.

숨 쉴 수 없을 정도로 엉망이 되면 그들이 나에게서 해체된다. 형태를 잃어버린 진흙이 되었다. 본연의 모습은 없었다. 그저 비가 내리지 않길 바란다. 잘게 조각내져 하수구로 들어가지지 않기를 바

랄 뿐이다.

왜 이렇게 되었는지를 생각하는 건 시간 낭비다. 그저 더욱 악화하지 않을 다음을 간절히 빌어야 한다. 기도하고, 기도하고, 기도하면 참회의 빛이 나를 비추진 않을까 기대하며 지금을 버틴다.

이윽고 방황하던 난 나태하고 연약한 미래를 발견한다. 미친 듯이 돌진한다. 그래야 지금보다 나은 네가 될 수 있을 테니까.

철저하게 나를 구원하는 게 없다는 것을 알아차렸다.

하고 있잖아, 노력

　　노력해도 나아질 수 없다는 것을 느낄 때는 어떡해. 그저 머리를 감싸고 고개를 푹 숙인 채 우는 것밖에는 할 수 없을 때 한심하게 쳐다보거나 감히 위로의 말을 건네지 않았으면 좋겠어. 그냥 떨어지는 눈물방울을 구경하거나 주파수 모양으로 젖어가는 내 바짓자락을 감상했으면 좋겠어.

　　무의미한 노력도 한번은 반짝인다며 손전등을 켜고 바라봐줘. 사랑의 시체를 경이롭게 치워주라.

삶은 이상하게 생겨서

삶은 너무
이상하게 생겨서

지나치게 우울하면
고양이들이
애교를 부린다.

죽고 싶다고
염원하면
어머니에게
전화가 오고

생각지도 못한
친구와의 약속에
계속 밖으로
나가야만
하는 상황이
벌어진다.

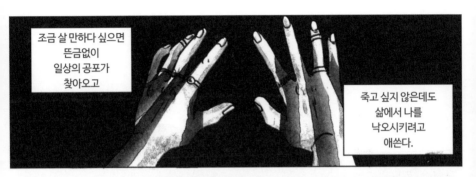

조금 살 만하다 싶으면
뜬금없이
일상의 공포가
찾아오고

죽고 싶지 않은데도
삶에서 나를
낙오시키려고
애쓴다.

오늘은 산책하려고 했는데

비가 온다.

미련이야

문득 정신을 차려보니 말도 안 되게 멀어진 너와의 거리를 실감하게 되면, 어쭙잖게 연락하고 아무렇지 않게 인연의 역할을 다해야 하는 건지 많이 고민했어.

가끔 나는 우리가 너무 닮아서 쌍둥이 인형 같다고 생각했어. 하필 손에 재봉이 되어 있어 절대 떨어질 수 없는 쌍둥이 인형.

자극적인 감정을 마주하면 내 마음속의 진심들이 하나의 글을 쓰기 시작해.

　　매우 공격적이고 부정적이야. 그것들을 적으면 예술이 되겠지만 결국 현실적인 생각으로 재단하면 남아 있는 것도 없어.

포기

내가 틀렸을 수도 있다는 생각 때문에 누군가한테 확신 있게 말을 건네지 못하는 건 너무 비겁하고 소심한 행동인 걸까. 신중하고 조심하는 행동이 좋은 거라고 이야기해도 평생을 확고한 신념 없이 살아간다는 기분을 알까.

누구는 구부러진 모양이고 누군가는 어디에도 융합되는 액체일 수 있다고 생각해.

그런데 말이야. 나와 맞을 수 있는 사람을 찾으러 다니는 건 너무 많은 체력이 필요해. 적당히 맞는 사람들이랑 적당히 맞춰주며 지내는 게 조금 더 편해졌어. 혼자 충족하는 법을 배우니까 인간이 필요하지 않은 거지.

술에 잔뜩 취해
나에게 글을 써놓고 까먹으세요

　가영아, 나는 술을 먹고 글을 쓰는 너와 잠결에 꿈속에서의 일을
쓰는 네가 정말 솔직하고 부러워. 어떠한 경계선을 긋지 않고 앞으
로 나아가는 그 모습이 너무나 매력적이야. 있는 그대로의 감정을
표현하면서 살아. 적당히 참아내고 적당히 표현하는 건 너에게 어
울리지 않아.

　그저 많은 걸 보고 많은 걸 배워. 그래서 강하고 똑똑해지면 모든 사
람이 너의 비겁함과 불합리함을 매력이라고, 인간답다고 칭찬하겠지.

　너무 낮은 자세로 낮은 말을 하지 마.

꿈

　　어느 날 꿈을 꾸었지. 원하는 다정한 사람들이 가득한 곳에서 나는 눈을 떴어. 나의 성격이 잘못되었다고 느낄 수 있는 아주 따뜻한 사람들이 가득한 곳이었어.

　　비디오테이프에 그들을 가둬버릴걸. 테이프가 망가지도록 그들을 돌려봤을 텐데. 누군가가 꾸짖지 않아도 나는 그들에게 항상 미안했고 화가 가득한 곳에서 온 나는 쉽게 감동했지.

　　사랑 가득한 고양이들이 나를 핥아주면 끈질기게 가지고 왔던 원망부터 내려놓아.

나부터 이해하는 사람들 사이에서 눈물을 쏟아. 결코 그들이 될 수 없음에 소외감을 느끼지만, 상처를 비롯해 나오는 감정들이 아니잖아.

더욱 나은 사람이 될 수 있다는 기대감에, 그런 사람이 지금은 아니라는 마음에 오열을 토해내면 비로소 중간의 감정을 찾게 되지.

아, 죽어버려야겠지.

널 재우고 난 뒤에

    안녕, 잤어? 난 안 잤어. 네 생각 때문에 도무지 잠이 올 수가 있어야지 말이야.

    지금 Kadeem Tyrell의 〈April 25th〉를 듣고 있어. 최근 들은 것 중에 가장 내 마음에 쏙 드는 곡이야. 딱 너의 생각을 하면서 글을 쓰기에 적합한 비지엠이지?

    사실 와인 한잔 마실까 하다가 포기했어. 글을 쓸 수 없게 될까 봐 무서웠나 봐. 금방 침대에 누워버리면 창작 욕구가 잠결에 날 떠날지도 모르잖아. 간신히 친구에게 받은 더치 액상을 탄 커피를 마셔.

칭찬을 잘하지 않던 네가 무의식에 글을 잘 쓴다고 이야기한 거 기억나? 그게 너무 기뻐서 앞으로 한동안 글을 쓸 예정이야. 뒤에서 몰래 감동받았어. 이걸 꺼내면 너는 뭐라고 할까, 사실 내 모든 글이 좋았다고 생각하진 않는다고 말할까.

놓쳤던 대화들을 다시 돌려보고 있어. 법적으로 우리를 묶어 놓아줬으면 좋겠다는 말, 믿음을 강제로 생성하는 구조에 놓여야 한다는 말이었겠지. 수시로 너의 사랑을 의심했으니까. 네가 오죽하면 그런 이야기를 했을까 싶네.

지금은 다른 노래가 흘러나와. 〈Let me know〉라는 노래야. 가끔 이런 게 신기해. 감정의 흐름대로 음악이 바뀌는 기분이 들어. 뮤직비디오 주인공이 된 것 같은 착각을 불러일으켜.

내가 나아질 수 있다고 믿어? 정말 내가 믿음과 긍정으로 삶을 살아낼 수 있는 사람으로 보여?

부정과 영원한 이별을 할 수 있을까. 극단적이지 않고 적당한 감정을 감미하며 살 수 있을까. 자신에게 상처를 내지 않고 우울을 견딜 수 있을까. 자신에게 받아들일 수 있는 시간을 천천히 줄 수 있을까.

　나는 모든 게 물음표로 끝나는 것 같아. 그래서 단호히 마침표를 찍는 글을 쓰는 거야. 지켜야 하는 조항으로 넣어 버리는 거거든.

　그런데 너한테는 자꾸 물음을 더해. 물어보고 싶어. 정말 내가 할 수 있는 사람인지 확인받고 싶나 봐. 이런 걸 보면 널 많이 사랑한다고 느껴. 감정이 나에게 알려주는 게 뭔지 모르겠어.

　술김에 전화하거나, 우울한 날 온 힘을 다해 너를 쓰는 것. 포기하고 싶을 때 너를 생각하는 게 어떠한 감정이라고 귀결할 수 있을까? 애정에 혼란을 느끼는 것은 불행과 다름이 없어.

　우울함이라는 단어도 내 불안을 담지 못하듯 사랑 또한 그렇구나. 너로 인해 깨달음을 많이 얻는 것 같아. 같이 죽어버리면 안 돼? 개처럼 싸우고 쌍욕하면서 손잡고 함께 숨을 참아주면 안 될까? 그럼 넌 좋다고 하겠지.

　너에게 우리의 시험지를 만들어서 주자고 이야기한 건 진심이었어. 우리가 서로를 얼마나 잘 알고 있는지 궁금했어.

　아니, 사실 네가 날 잘 파악하고 있는지가 궁금했던 거야. 네가 서운함을 느끼게 했을 때, 일부러 그런 거냐고 화를 낼 수 있는 빌미가 필요했거든. 나를 충분히 아는 너는 날 자주 내팽개쳐 두는 느낌이 들어서 말이야.

영원히 책임져주면 좋겠지만 썩, 너는 수동적인 인간을 사랑하지 않는 사람이잖아. 나 역시 네 품에서만 나를 자라게 만들고 싶진 않아.

그래서 내가 나에게 준 상처들을 스스로 치료하는 방법을 알아야 한다고 생각해. 자신을 스스로 불행하게 만든 죗값을 달게 받는 방법을 연구해야 할 거야. 불안정하고 불안하고 혹시 몰라 미리 죽는 걸 택할 수도 있겠지.

이 언제 무너질지 모르는 계단을 함께 올라가줄 수 있을까? 가끔 기대는 정도로만 너에게 바라도 될까.

버려줘

이건 구원이 없는 이야기입니다.

누구도 이해하지 못하는 스토리입니다.

이해할 수 없는 존재의 흔치 않은 변명거리입니다.

망가뜨리지 않아도 스스로 무너지는 사람을 그립니다.

작은 깃털 하나로 불행에 빠질 수 있는 감정을 기록합니다.

부치지 않은 편지

　　우리가 자주 함께했던 때가 기억은 나? 자주 술로 새벽을 보내고 짙은 감정을 서로에게 묻혀줬을 때 말이야. 입을 맞추지 않았을 뿐 진한 맞춤이 존재하던 그 시간이 기억은 나? 목소리로 날 취하게 했던 순간은? 여린 손을 잡으며 차가운 공기를 덜어내던 우리는 어디 있을까.

　시간이 날 지나가면 금세 잊을 줄 알았는데 곧바로 뒤도는 사람이더라고, 내가. 네 등만 바라보면서 한참을 울더라고, 내가. 몇 번이나 죽음을 맛본 뒤엔 항상 너의 옷자락을 잡았지.

생사의 갈림길에 섰을 때 너를 생각하는 건 나의 사랑이고 함께 마시던 와인과 즐겨듣던 노래로 널 추억하는 건 미련이고 서운함을 늘어놓지 않고 천천히 정을 떨어뜨리는 건 나의 복수야.

너랑 나와의 관계에 완벽한 선을 긋고 싶어. 바닥에 타투를 새겨서 지워지지 않는 편을 만들래. 완벽한 반대편에서 널 미워하고 싶어.

몰래 이런 복수극을 꾸며내. 혹시나 비가 오는 날과 네가 힘들어하는 계절이 오면 자주 휴대폰을 들여다보지. 대책 없는 그리움이야.

어떻게 어떻게 어떻게

내 안에 내재해 있던 작은 아이의 비명을 듣고도 지나쳤잖아. 그런 사람을 내가 어떻게 사랑해?

뫼비우스와 하이브리드 아이스블라스트

　　나는 우리가 피우는 담배곽이 모여 있는 테이블을 사랑했다. 다른 냄새와 다른 생김새의 담배를 피우는 시간을 사랑했다.

　　자주 루프탑을 권유하던 내가 생각난다. 유학생활을 하던 너희들에게 서울의 낭만을 알려주고 싶었다. 안 하던 행동을 시도하면서 너희와 어울리고 싶었지.

　　우리는 커피를 마시며 취한 듯 이야기했다. 술을 마시면 영화 속 주인공이 되었다. 이 장면을 언젠간 만화로 그리리라고 나는 그 장면 속에서 내내 그 생각만 했다.

더할 나위 없는 행복! 나는 지금 죽으면 지옥에 떨어져도 행복했다. 나는 자주 현생이 아닌 그 기억에 살았다. 우리의 사랑을 되감기하여 돌려봤다. 어디서든지.

2016년에는 자주 들떴다. 내가 어떤 그림을 무슨 생각으로 그렸는지에 대해 너희에게 자주 설명했고 항상 유난을 떨었다. 하지 않던 생각 공유에 이질감을 느꼈지만, 그래도 행복했다. 이것은 변함없다.

내가 너무 사랑하는 글과 그림과 사진은 질리지 않으려고 안 보거나 아까워서 못 보는데 너의 흔적이 딱 그렇다. 손길이 묻은 편지와 그림 또는 사진을 보면 미치도록 눈물이 난다.

닳도록 자주 보고 마음에 새겼던 챕터를 펼치면 슬프잖아. 너희의 흔적이 딱 그렇다. 닳고 닳아도 그 페이지는 항상 날 울린다.

없는 거야

신이 가엾은 나에게 선물로 나를 줬나 보다.

굳어진 과거에 잠식된 나를 꺼내기 위해 태어났니?

불행히 내 과거의 형태는 퍼즐이라 제자리를 찾아가려고 하네.

과거가 자정하면, 그땐 나를 깨트려줘.

이 고통이 끝날 수 있게 나를 좀 도와줘.

너의 이름은

내 세상을 재개발해준 사람. 유일하게 나를 사랑하면서 세상에 휘둘리지 않고 긍정적으로 이끌어준 나의 사랑. 이렇게 글로 남겨도 후회가 없을 것 같은 나의 사랑.

너를 생각하면 이상하게 마음 한편이 저려. 우리가 상처를 많이 주고 이제야 오롯이 사랑하게 되어서 그런가. 불편함을 모두 참지 않았지만, 이 부분에 서운함이 너에겐 힘듦이 되었다는 걸 알아.

네 노래를 듣다가 전화가 오면 너를 가진 기분이야. 허상과 일상을 다 공유하는 기분이야. 그래서 가득 기분이 좋아져.

우리는 자주 아팠지만 그래서 오래 함께하겠지. 사랑을 찰흙처럼 동글고 구부정하게 구겨보자. 좍악 찢어서 늘어뜨리자. 시간이 흐르면 굳히고 녹여서 찌부러뜨리고 우리 마음대로 바꾸자. 그리고 이것의 작품 이름은 공동으로 새기자.

내 사랑은 헐어 버리겠지만 그래도 너와 함께라면 황홀할 거야. 다른 색을 입혀줘서 고마워. 내 삶이 고맙대.

이것밖에

이따금 나를 거부했던 사람들이 떠오르면 괴로움이 내 얼굴을 가격한다.

부정교합으로 뒤틀린 턱이 별로였을까. 교정기에 낀 음식물을 보고 정이 떨어진 걸까. 예쁘지 않은 입술이 문제였을까.

더욱 아름다운 사람과 함께 하는 너를 보면 그냥 내 모든 걸 바닥에 패대기치고 싶어져.

온도

사랑이 보이지 않는 것들에 대해 의문을 품지 말자. 조금은 무모할 수 있어도 방어하는 능력을 키워서 누구도 우리를 건들지 못하게 만들자. 실패로 끝나더라도 우리는 이 사랑을 소중히 간직하기를 바라.

틱틱거리는 목소리들은 사실 동그랗다는 걸 기억해. 날이 서 있는 모습은 사실 안고 싶었다는 걸 알아줬으면 해. 누군가가 정해놓은 규정에 우리를 대입하지 말자.

그냥 너와 내가 잡은 손의 온도가 이 세상을 만들기를 바라. 우리의 감정이 토지를 만들고 불편한 것들이 법을 만들어서 공존했으면 좋겠어. 불편한 것들이 사라지고 우리만 남으면 비로소 우리 생명이 시작되겠지.

그때부터 함께하자. 의문 없이 실패를 무서워하지 않고, 보이는 사랑을 믿을 수 있는 우리가 사랑을 건설하는 거야. 비로소 그때 발가벗고 체온을 느끼자!

아주 잘못된, 못된 것들

가난한 사랑이 뭘 할 수 있겠어.

엉망으로 만드는 재주가 심폐소생술을 할 수 있겠어?

잘못된 관심의 형태가 온전한 사랑을 구원할까.

어긋난 틈으로 시멘트를 발라 굳히진 않을까.

나는, 나는, 나는 너무 그게 궁금해.

혐오+혐오=

어느 날 작업실에서 담배를 피우는데, 손에 내가 뱉은 침이 묻었지. 내 몸에서 나오는 액체라도 너무 더럽고 싫더라고. 박박 휴지로 닦아내는데 문득 이런 생각이 들더라.

'이 더러운 침이랑 내가 뭐가 다를까. 의도치 않던 곳에 엉겨 붙어 떨어지지 않고 진득하게 붙어 있는 그런 모습이 나와 과연 다를까.'

나는 인간관계를 항상 분비물처럼 해온 것 같아. 더럽고 끈질기게 달라붙은 이것이 내가 아니길 바랐는데 말이야.

자해 일기

가끔씩

자기 객관화가
어려운 내가
나올 때가 있어.

안 좋은 감정들한테
불쌍한 사연들을 증여해주거든.

조금이라도 덜 미움받으라며 말이야.

모르겠어.
너도 이런 나의 안 좋은 습관을 싫어했던 걸까.

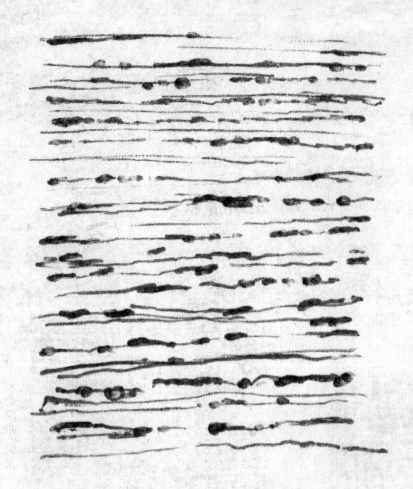

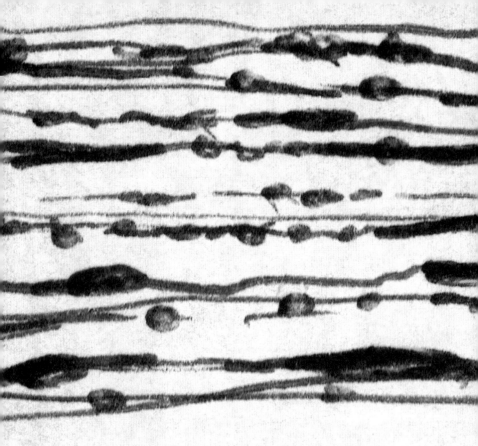

나의 잘못에만 일일이 보기 좋은 외투를 입혔던 뻔뻔함이

보기 썩 좋아 보이진 않았을 것 같아서.

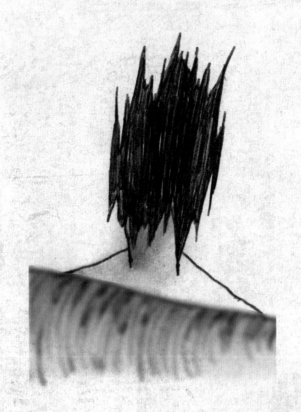

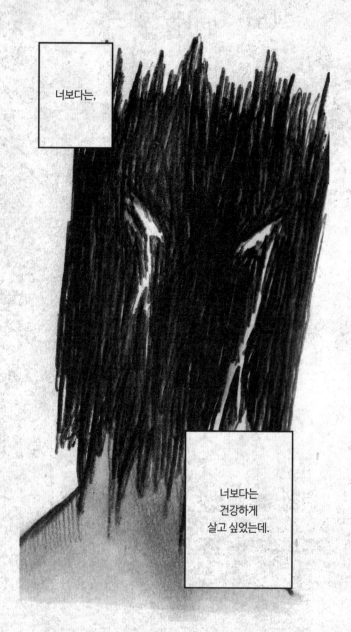

너보다는,

너보다는
건강하게
살고 싶었는데.

적극적으로
병든 삶을 자처하는 중이다.

노력의 결과가 계속 드는 회의감이라면

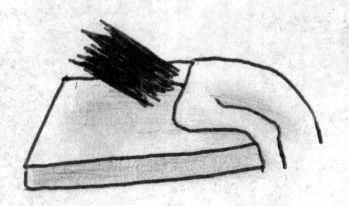

후회하기 위해 노력을 하는 기분이야.

이제 그래도 사랑을 동반한 원망은 많이 버렸어.

분리하는 법을
배웠다고나 할까.

혐오를 나에게서
분리시키려고

분노를 사랑에게서
떼어내려고 노력 중이야.

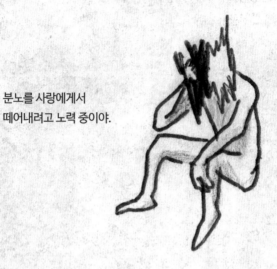

모든 게 합쳐져 있는 삶은 괴로움이라고 쓸 수 있을 것 같아.

상처를 볼 때 사랑이 생각나.

미움을 볼 때 여름이 생각나.

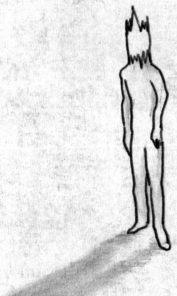

바다가 보이면 콱 죽어버릴까 싶기도 해.

아무리 감춰봐도 가려지지 않는 모양들이 가엾게 느껴지면

절대 바뀔 수 없다는 생각이 드는 거야.

순환의 굴레에서 어떤 깨달음이 없어진다면

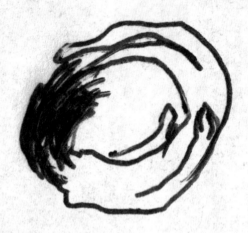

아마도 사는 게 재밌지 않을 것 같아.

근데 점점 나는 느낄 수 있는 감정을
모두 수집한 것 같다는 생각이 들어.

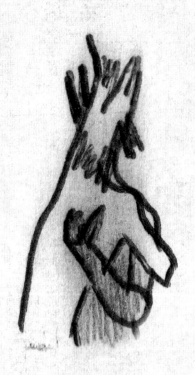

비슷한 사랑과

비슷한 혐오

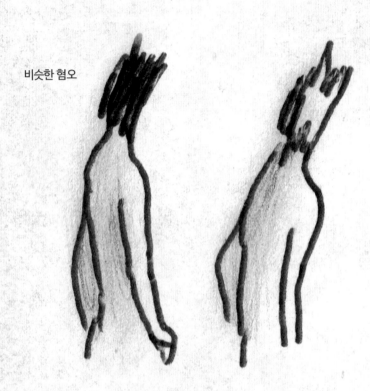

다를 바 없는 슬픔.

내 삶에서 단어만으로도 진절머리가 나는 것들처럼.
어떤 문장의 영역에도 해당이 되는 느낌이야.

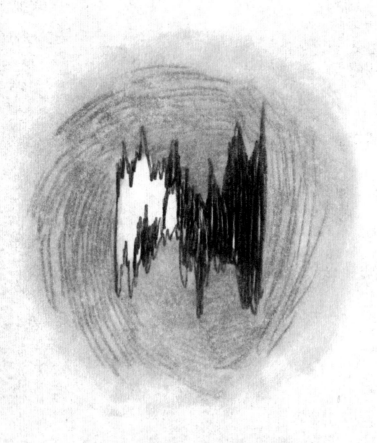

더 이상은 황홀이 없을 것 같은 절망이 올 때면
다시 또 우리의 찬란한 여름을 기억한다.

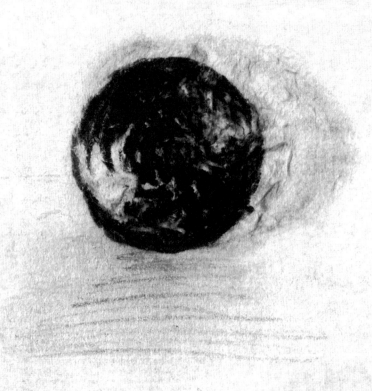

어때, 이게 정말 점점 퇴행하는 사람의 기록이 아니겠니.

사각지대

언제쯤 탁월한 안목으로 나의 깊이를 채워줄 사람을 선택할 수 있을까. 망가져도 알맞게 모양을 바꿔 포개어줄 사람은 없는 것인가.

풀린 다리 때문에 휘청거리는 나의 어깨를 잡고 힘을 내라고 하는 사람은 이로운 걸까. 지쳐 고개를 떨구며 졸고 있음에도 일어나야 한다고 소리 지르는 사람은?

내 사랑은 사각지대에 있구나.

미안해

술에 취해 멍청한 소리를 하면 넌 절대 넘어가지 않지.

엉망인 나를 왜 만나는 건지 의문이 가득해져.

우리가 번갈아가며 엉망이 된다면 다행인데, 자주 불쾌하게 만드는 건 나야.

죄책감과 원망이 색안경을 씌워.

아빠, 나는 사랑을 세워둔 주차장의 위치를 자주 잊어버려.
그곳이 어딘지 정확히 알려주고 가지 그랬어.

잘하는 것

언젠가는 우리가 이렇게 될 줄 알았지. 이렇게 예습해둔 덕에 덜 널 그리워하고 덜 보고 싶어질 줄 알아서 이별을 연습했던 거야. 내 부정적인 성격들이 이제야 나를 돕는 거야.

미련하게 날 상처 입히는 사람을 좋아하지 않게 방어해줘. 내 마음에 수많은 테스트를 세워놓지.

열정은 덤이에요

동경과 사랑을 구분할 줄 몰라 스친 모든 사람을 사랑했다. 가질 수 없는 것임에 자신의 나약함을 탓하고 따라오지 않는 독립성이 아른거리는 잔류로 남는다.

좋아하는 계절에 실패했던 기록들

　　23살, 마포구에 이사를 온 지 2년하고도 반년쯤 되었을 땐가. 수많은 사람을 만나기 시작했다.

　곡을 만드는 사람, 연기를 준비하는 사람, 사진을 찍었던 사람, 모델, 글을 쓰는 사람….

　연예인 지망생, 유명한 사람과 나누는 다양한 대화는 더할 나위 없는 자극이었다. 다른 세상에서 사는 것 같다는 허황한 감정에 푹 빠졌다. 매일 새벽 4시와 아침 7시에 집에 들어가는 삶을 살았다.

　나의 우울과 눈물, 원망과 불행이 똘똘 뭉쳐져 대화는 끊임이 없었다. 비관의 케이스를 인생에 껴놓은 채, 죽음으로 끝나는 영화의 주인공이 된 듯한 자극이 이어지는 나날이었다.

외롭지 않았다. 나는 지금보다 더 돌아 있었고 외로움을 받아내느니 잘못된 모양의 하룻밤 사랑을 믿기로 했다.

듣기 좋은 사탕 같은 말. 끊이질 않는 관심과 한마디, 한마디마다 예의가 섞인 조심스러움과 숨겨지지 않는 호감이 공간을 지배했다.

그땐 나에게 애정의 감정을 느끼는 모든 사람을 박제해버리고 싶었다. 찬란했던 순간들을 기록하고 별 볼 일 없는 사람이 될 때마다 펼쳐 놓고 안심하고 싶었다. 노력하면 이뤄졌던 관계와 애쓰지 않아도 받아먹을 수 있는 사랑은 아직도 짜릿하다.

연결된 사람은 한 명도 없지만 모든 영화와 책이 그렇지 않나. 좌충우돌 휘몰아치던 여행이 끝나고 허름한 엔딩을 기다리며 노을을 본다. 추억이 가득한 것은 행복이라 생각하고 흔들의자에 반동을 넣는다.

여전히 나는

인연들은 떠날 때 책임을 내게 넘겨주고 떠나간다. 용기는 욕심이 되거나 집착쯤으로 변질해 기억에 남았고 모든 사람이 나를 멀리한다는 확신이 들었다.

원치 않는 사람, 부담스러운 비호감인 사람. 연락하지 마, 너와 함께하고 싶지 않아. 믿음이 부족한 나는 자신도 믿지 못하여 제일 먼저 땅에 구멍을 파고들어갔다.

타인을 미워하는 마음으로 설계된 삶은 살아낼 수 없다. 인간관계에 매번 바짓가랑이를 잡는 역할을 할 수는 없다. 반복되는 약자의 역할이 더 이상 인연을 맺는 데에 의지를 살리게끔 하지 않는다.

한 번쯤 경험하고 싶던 건강치 못한 만남에 두 번의 약속은 하지 않는다. 내 이름이 불행일까. 어깨를 스쳤던 인간들은 행복해졌을까.

비호감

    나는 글을 쓰고 그림을 그리는 일을 멈출 수 없다는 것을 안다. 불안은 너무 쉽게 밀려오기 때문이다.

    예를 들어 전화를 넘기는 친구들과 만남을 거부하는 인연들을 생각하면 거리 뒀던 우울이 방문을 두드린다. 기대하던 사람일까 문을 여는 일이 비일비재하기 때문이다.

    속았다는 분개는 가만히 있던 애먼 사람들을 향해 꽂힌다. 지독하게.

에필로그

    아무도 없을 것 같은 밤이면, 책을 빌미로 당신의 눈물을 먹고 싶고 심연에서 당신 같은 사람이 또 있다며 인사를 건네고 싶습니다.

촉감으로 기억하는
네 얼굴은 너무 잔인해

초판 1쇄 인쇄 2021년 9월 9일
초판 1쇄 발행 2021년 9월 14일
지은이 GAZEROSHIN

펴낸이 남기성
책임 편집 하진수
디자인 그별
일러스트 GAZEROSHIN

펴낸곳 주식회사 자화상
인쇄,제작 데이타링크
출판사등록 신고번호 제 2016-000312호
주소 서울특별시 마포구 월드컵북로 400 서울산업진흥원 201호
대표전화 (070) 7555-9653
이메일 sung0278@naver.com
ISBN 979-11-91200-36-2 03810